若无执念在心头

人生何处不清欢

李叔同 著

CTS | 湖南人民出版社·长沙

目录 ——

序

壹

———

宁静来自内心、
不要到外面去寻求

2

处难处之事愈宜宽，
处难处之人愈宜厚

佩玉编

格言别录

70　56

叁

——

位卑未敢忘忧国，
事定犹须待阖棺

士应文艺以人传，
不应人以文艺传

伍

以「淡」字交友，
以「聋」字止谤，
以「刻」字责己

一音入耳来，
万事离心去

诗词

歌词

代序一
怀李叔同先生

丰子恺

距今二十九年前，我十七岁的时候，最初在杭州的浙江省立第一师范学校里见到李叔同先生，即后来的弘一法师。那时我是预科生，他是我们的音乐教师。我们上他的音乐课时，有一种特殊的感觉：严肃。摇过预备铃，我们走向音乐教室，推进门去，先吃一惊：李先生早已端坐在讲台上。以为先生总要迟到而嘴里随便唱着、喊着，或笑着、骂着而推门进去的同学，吃惊更是不小。他们的唱声、喊声、笑声、骂声以门槛为界限而忽然消灭。接着是低着头、红着脸，去端坐在自己的位子里。端坐在自己的位子里偷偷地仰起头来看看，看见李先生的高高的瘦削的上半身穿着整洁的黑布马褂，露出在讲桌上，宽广得可以走马的前额，细长的凤眼，隆正的鼻梁，形成威严的表情。扁平而阔的嘴唇两端常有深窝，显示和蔼的表情。这副相貌，用"温而厉"三个字来描写，大概差不多了。讲桌上放着点名簿、讲义，以及他的教课笔记簿、粉笔。钢琴衣解开着，琴盖开着，谱表摆着，琴头上又放着一只时表，闪闪的金光直射到我们的眼中。黑板（是上下两块可以推动的）上早已清楚地写好本课内所应写的东西（两块都写好，上块盖着下块，用下块时把上块推开）。在这样布置的讲台上，李先生端坐着。坐到上课铃响出（后来我们知道他这脾气，上音乐课必早到。故上课铃响时，同学早已到齐），他站起身来，深深地一鞠躬，课就开始了。这样地上课，空气严肃得很。

有一个人上音乐课时不唱歌而看别的书，有一个人上音乐课时吐痰在地板上，以为李先生看不见的，其实他都知道。但他不立刻责备，等到下课后，他用很轻而严肃的声音郑重地说："某某等一等出去。"于是这位某某同学只得站着。等到别的同学都出去了，他又用轻而严肃的声音向这某某同学和气地说："下次上课时不要看别的书。"或者："下次痰不要吐在地板上。"说过之后他微微一鞠躬，表示"你出去罢"。出来的人大都脸上发红。又有一次下音乐课，最后出去的人无心把门一拉，碰得太重，发出很大的声音。他走了数十步之后，李先生走出门来，满面和气地叫他转来。等他到了，李先生又叫他进教室来。进了教室，李先生用很轻而严肃的声音向他和气地说："下次走出教室，轻轻地关门。"就对他一鞠躬，送他出门，自己轻轻地把门关了。最不易忘却的，是有一次上弹琴课的时候。我们是师范生，每人都要学弹琴，全校有五六十架风琴及两架钢琴。风琴每室两架，给学生练习用；钢琴一架放在唱歌教室里，一架放在弹琴教室里。上弹琴课时，数十人为一组，环立在琴旁，看李先生范奏。有一次正在范奏的时候，有一个同学放一个屁，没有声音，却是很臭。钢琴及李先生数十同学全部沉浸在亚莫尼亚气体①中。同学大都掩鼻或发出讨厌的声音。李先生眉头一皱，管自弹琴（我想他一定屏息着）。弹到后来，亚莫尼亚气散光了，他的眉头方才舒展。教完以后，下课铃响了。李先生立起来一鞠躬，表示散课。散课以后，同学还未出门，李先生又郑重地宣告："大家等一等去，还有一句话。"大家又肃立了。李先生又用很轻而严肃的声音和气地说："以后放屁，到门外去，不要放在室内。"接着又一鞠躬，表示叫我们出去。同学都忍着笑，一出门来，大家快跑，跑到远处去大笑一顿。

---

① 亚莫尼亚气体，"亚莫尼亚"是英文"amonia（氨气）"的音译。亚莫尼亚气体因有强烈刺激性气味，故文学作品中也用来代指屁。

李先生用这样的态度来教我们音乐，因此我们上音乐课时，觉得比上其他一切课更严肃。同时对于音乐教师李叔同先生，比对其他教师更敬仰。那时的学校，首重的是所谓"英、国、算"，即英文、国文和算学。在别的学校里，这三门功课的教师最有权威；而在我们这师范学校里，音乐教师最有权威，因为他是李叔同先生。

李叔同先生为什么能有这种权威呢？不仅为了他学问好，不仅为了他音乐好，主要的还是为了他态度认真。李先生一生的最大特点是"认真"。他对于一件事，不做则已，要做就非做得彻底不可。

他出身于富裕之家，他的父亲是天津有名的银行家。他是第五位姨太太所生。他父亲生他时，年已七十二岁。他堕地后就遭父丧，又逢家庭之变，青年时就陪了他的生母南迁上海。在上海南洋公学读书奉母时，他是一个翩翩公子。当时上海文坛有著名的沪学会，李先生应沪学会征文，名字屡列第一。从此他就为沪上名人所器重，而交游日广，终以"才子"驰名于当时的上海。所以后来他母亲死了，他赴日本留学的时候，作一首《金缕曲》，词曰："披发佯狂走。莽中原，暮鸦啼彻，几株衰柳。破碎河山谁收拾，零落西风依旧。便惹得离人消瘦。行矣临流重太息，说相思刻骨双红豆。愁黯黯，浓于酒。漾情不断淞波溜。恨年年，絮飘萍泊，遮难回首。二十文章惊海内，毕竟空谈何有！听匣底苍龙狂吼。长夜西风眠不得，度群生那惜心肝剖。是祖国，忍孤负？"读这首词，可想见他当时豪气满胸，爱国热情炽盛。他出家时把过去的照片统统送我，我曾在照片中看见过当时在上海的他：丝绒碗帽，正中缀一方白玉，曲襟背心，花缎袍子，后面挂着胖辫子，底下缀带扎脚管，双梁厚底鞋子，头抬得很高，英俊之气，流露于眉目间。真是当时上海一等的翩翩公子。这是最初表示他的特性：凡事认真。他立意要做翩翩公子，就彻底地做一个翩翩公子。

后来他到日本，看见明治维新的文化，就渴慕西洋文明。他立刻放弃了翩翩公子的态度，改做一个留学生。他入东京美术学校，同时又入音乐学校。这些学校都是模仿西洋的，所教的都是西洋画和西洋音乐。李先生在南洋公学时英文学得很好，到了日本，就买了许多西洋文学书。他出家时曾送我一部残缺的原本《莎士比亚全集》，他对我说："这书我从前细读过，有许多笔记在上面，虽然不全，但也是纪念物。"由此可想见他在日本时，对于西洋艺术全面进攻，绘画、音乐、文学、戏剧都研究。后来他在日本创办春柳剧社，纠集留学同志，共演当时西洋著名的悲剧《茶花女》（小仲马著）。他自己把腰束小，扮作茶花女，粉墨登场。这照片，他出家时也送给我，一向归我保藏，直到抗战时为兵火所毁。现在我还记得这照片：卷发，白的上衣，白的长裙拖着地面，腰身小到一把，两手举起托着后头，头向右歪侧，眉峰紧蹙，眼波斜睇，正是茶花女自伤命薄的神情。另外还有许多演剧的照片，不可胜记。这春柳剧社后来迁回中国，李先生就脱出，由另一班人去办，便是中国最初的"话剧"社。由此可以想见，李先生在日本时，是一个彻头彻尾的留学生。我见过他当时的照片：高帽子、硬领、硬袖、燕尾服、史的克、尖头皮鞋，加之长身、高鼻，没有脚的眼镜夹在鼻梁上，竟活像一个西洋人。这是第二次表示他的特性：凡事认真。学一样，像一样。要做留学生，就彻底地做一个留学生。

他回国后，在上海太平洋报社当编辑。不久，就被南京高等师范请去教图画、音乐。后来又应杭州师范之聘，同时兼任两个学校的课，每月中半个月住南京，半个月住杭州。两校都请助教，他不在时由助教代课。我就是杭州师范的学生。这时候，李先生已由留学生变为"教师"。这一变，变得真彻底：漂亮的洋装不穿了，却换上灰色粗布袍子、黑布马褂、布底鞋子。金丝边眼镜也换了黑的钢丝边眼镜。他是一个修养很深的美术家，所以对于仪表很讲究。虽然布衣，却很称身，常常整洁。他穿布衣，全无穷相，而另具一种朴素的美。你可想见，他是扮过茶花女的，身材生得非常窈窕。穿了布衣，仍是一个美男子。"淡妆浓抹总相宜"，这诗句原是描写西子的，但拿来形容我们的李先生的仪表，也很适用。今人侈谈"生活艺术化"，大都好奇立异，非艺术的。李先生的服装，才真可称为生活的艺术化。他一时代的服装，表现出一时代的思想与生活。各时代的思想与生活判然不同，各时代的服装也判然不同。布衣布鞋的李先生，与洋装时代的李先生、曲襟背心时代的李先生，判若三人。这是第三次表示他的特性：认真。

我二年级时，图画归李先生教。他教我们木炭石膏模型写生。同学一向描惯临画，起初无从着手。四十余人中，竟没有一个人描得像样的。后来他范画给我们看。画毕把范画挂在黑板上。同学们大都看着黑板临摹。只有我和少数同学，依他的方法从石膏模型写生。我对于写生，从这时候开始发生兴味。我到此时，恍然大悟：那些粉本原是别人看了实物而写生出来的。我们也应该直接从实物写生入手，何必临摹他人，依样画葫芦呢？于是，我的画进步起来。此后，李先生与我接近的机会更多。因为我常去请他教画，又教日本文。以后的李先生的生活，我所知道的较为详细。他本来常读理性的书，后来忽然信了道教。案头常常放着道藏。那时我还是一个毛头青年，谈不到宗教。李先生除绘事外，并不对我谈道。但我发现他的生活日渐收敛起来，仿佛一个人就要动身赴远方时的模样。他常把自己不用的东西送给我。他的朋友日本画家大野隆德、河合新藏、三宅克己等到西湖来写生时，他带了我去请他们吃一次饭，以后就把这些日本人交给我，叫我引导他们（我当时已能讲普通应酬的日本话）。他自己就关起房门来研究道学。有一天，他决定入大慈山去断食，我有课事，不能陪去，由校工闻玉陪去。数日之后，我去望他。见他躺在床上，面容消瘦，但精神很好，对我讲话，同平时差不多。他断食共十七日，由闻玉扶起来，摄一个影，影片上端由闻玉题字："李息翁①先生断食后之像，侍子闻玉题。"这照片后来制成明信片分送朋友。像的下面用铅字排印着："某年月日，入大慈山断食十七日，身心灵化，欢乐康强——欣欣道人记。"李先生这时候已由"教师"一变而为"道人"了。学道就断食十七日，也是他凡事"认真"的表示。

但他学道的时候很短。断食以后，不久他就学佛。他对我说，他学佛是受马一浮先生指示的。出家前数日，他同我到西湖玉泉去看一位程中和先生。这程先生原来是当

---

① 李息翁，李叔同的别名，后文中的"欣欣道人"则是李叔同的又一别名。

军人的，现在退伍，住在玉泉，正想出家为僧。李先生同他谈得很久。此后不久，我陪大野隆德到玉泉去投宿，看见一个和尚坐着，正是这位程先生。我想称他"程先生"，觉得不合。想称他法师，又不知道他的法名（后来知道是弘伞）。一时周章得很。我回去对李先生讲了，李先生告诉我，他不久也要出家为僧，就做弘伞的师弟。我愕然不知所对。过了几天，他果然辞职，要去出家。出家的前晚，他叫我和同学叶天瑞、李增庸三人到他的房间里，把房间里所有的东西送给我们三人。第二天，我们三人送他到虎跑。我们回来分得了他的"遗产"，再去看望他时，他已光着头皮，穿着僧衣，俨然一位清癯的法师了。我从此改口，称他为"法师"。法师的僧腊^①二十四年。这二十四年中，我颠沛流离，他一贯到底，而且修行功夫愈进愈深。当初修净土宗，后来又修律宗，律宗是讲究戒律的。一举一动，都有规律，严肃认真至极。这是佛门中最难修的一宗。数百年来，传统断绝，直到弘一法师方才复兴，所以佛门中称他为"重兴南山律宗第十一代祖师"。他的生活非常认真。举一例说：有一次我寄一卷宣纸去，请弘一法师写佛号。宣纸多了些，他就来信问我，余多的宣纸如何处置？又有

---

① 僧腊，也称"僧夏"，指和尚受戒后的年岁。李叔同1918年出家，1942年圆寂，僧腊二十四年。

一次，我寄回件邮票去，多了几分。他把多的几分寄还我。以后我寄纸或邮票，就预先声明：余多的送予法师。有一次，他到我家，我请他藤椅子里坐。他把藤椅子轻轻摇动，然后慢慢地坐下去。起先我不敢问。后来看他每次都如此，我就启问。法师回答我说："这椅子里头，两根藤之间，也许有小虫伏着。突然坐下去，会把它们压死，所以先摇动一下，慢慢地坐下去，好让它们走避。"读者听到这话，也许要笑。但这正是做人极度认真的表示。

如上所述，弘一法师由翩翩公子一变而为留学生，二变而为教师，三变而为道人，四变而为和尚。每做一种人，都做得十分像样。好比全能的优伶：起青衣像个青衣，起老生像个老生，起大面又像个大面……都是"认真"的缘故。

现在弘一法师在福建泉州圆寂了。噩耗传到贵州遵义的时候，我正在束装，将迁居重庆。我发愿到重庆后替法师画像一百帧，分送各地信善，刻石供养。现在画像已经如愿了。我和李先生在世间的师弟尘缘已经结束，然而他的遗训——认真——永远铭刻在我心头。

代序二
弘一法师之出家
夏丏尊

　　今年（一九三九）旧历九月二十日，是弘一法师满六十岁诞辰，佛学书局，因为我是他的老友，嘱写此文字以为纪念，我就把他的出家的经过加以追叙。

　　他是三十九岁那年夏间披剃的，到现在已整整过了二十一年的僧侣生活。我这里所述的，也都是二十年前的旧事。

　　说起来也许会教大家不相信，弘一法师的出家，可以说和我有关，没有我，也许不至于出家。关于这层，弘一法师自己也承认。

　　有一次，记得是他出家二三年后的事，他要到新城掩关去了，杭州知友们在银洞巷虎跑寺下院替他饯行，有白衣，有僧人。斋后，他在座间指了我，向大家道：

"我的出家，大半由于这位夏居士的助缘。此恩永不能忘！"

我听了不禁面红耳赤，惭悚无以自容。因为（一）我当时自己尚无信仰，以为出家是不幸的事情，至少是受苦的事情。弘一法师出家以后即修种种苦行，我见了常不忍。（二）他因我之助缘而出家修行去了，我却竖不起肩膀，仍浮沉在醉生梦死的凡俗之中，所以深深地感到对于他的责任，很是难过。

我和弘一法师（俗姓李，名字屡易，为世熟知者曰息，字曰叔同）相识，是在杭州浙江两级师范学校（后改名浙江第一师范学校）任教的时候。

这个学校有一个特别的地方，不轻易更换教职员。我前后担任了十三年，他担任了七年。在这七年中，我们晨夕一堂，相处得很好。他比我长六岁，当时我们已是三十左右的人了，少年名士气息，忏除将尽，想在教育上做些实际工夫。

我担任舍监职务，兼教修身课，时时感觉对于学生感化力不足。他教的是图画、音乐二科。这两种科目，在他未来以前，是学生所忽视的。自他任教以后，就忽然被重视起来，几乎把全校学生的注意力都牵引过去了。

课余但闻琴声歌声，假日常见学生出外写生，这原因一半当然是他对于这二科实力充足，一半也由于他的感化力大。只要提起他的名字，全校师生以及工役没有人不起敬的。他的力量，全由诚敬中发出，我只好佩服他，不能学他。

举一个实例来说：有一次，寄宿舍里有学生失少了财物，大家猜测是某一个学生偷的。检查起来，却没有得到证据。我身为舍监，深觉惭愧苦闷，向他求教。他所指教我的方法，说也怕人，教我自杀！说：

"你肯自杀吗？你若出一张布告，说做贼者速来自首，如三日内无自首者，足见舍监诚信未孚，誓一死以殉教育。果能这样，一定可以感动人，一定会有人来自首。这话须说得诚实，三日后如没有人自首，真非自杀不可。否则便无效力。"

这话在一般人看来是过分之词，他提出来的时候，却是真心的流露，并无虚伪之意。我自愧不能照行，向他笑谢，他当然也不责备我。我们那时颇有些道学气，俨然以教育自任，一方面又痛感到自己力量的不够，可是所想努力的，还是儒家式的修养，至于宗教方面简直毫无关心的。

有一次，我从一本日本的杂志上见到一篇关于断食的文章，说断食是身心"更新"的修养方法，自古宗教上的伟人，如释迦，如耶稣，都曾断过食。断食，能使人除旧换新，改去恶德，生出伟大的精神力量。并且还列举实行的方法及注意的事项，又介绍了一本专讲断食的参考书。我对于这篇文章很有兴味，便和他谈及，他就好奇地向我要了杂志去看。

以后我们也常谈到这事，彼此都有"有机会时最好把断食来试试"的话，可是并没有做过具体的决定。至少在我自己是说过就算了的。

约莫经过了一年，他竟独自去实行断食了，这是他出家前一年阳历年假的事。他有家眷在上海，平日每月回上海两次，年假暑假当然都回上海的。阳历年假只十天，放假以后我也就回家去了，总以为他仍照例回到上海了的。

假满返校，不见到他，过了两个星期他才回来。据说假期中没有回上海，在虎跑寺断食。我问他："为什么不告诉我？"他笑说："你是能说不能行的，并且这事预先教别人知道也不好，旁人大惊小怪起来，容易发生波折。"

他的断食，共三星期。第一星期逐渐减食至尽，第二星期除水以外完全不食，第三星期起，由粥汤逐渐增加至常量。据说经过很顺利。不但并无苦痛，而且身心反觉轻快，有飘飘欲仙之象。

他平日是每日早晨写字的，在断食期间，仍以写字为常课。三星期所写的字，有魏碑，有篆文，有隶书，笔力比平日并不减弱。他说断食时，心比平时灵敏。颇有文思，恐出毛病，终于不敢作文。

他断食以后，食量大增，且能吃整块的肉（平日虽不茹素，也不多食肥腻肉类）。自己觉得脱胎换骨过了，用老子"能婴儿乎"之意，改名李婴。依然教课，依然替人写字，并没有什么和前不同的情形。据我知道，这时他还只看宋元人的理学书和道家的书类，佛学尚未谈到。

转瞬阴历年假到了，大家又离校，那知他不回上海，又到虎跑寺去了。因为他在那里住过三星期，喜其地方清静，所以又到那里去过年。他的皈依三宝，可以说由这时候开始的。

据说：他自虎跑寺断食回来，曾去访过马一浮先生，说虎跑寺如何清静僧人招待如何殷勤。阴历新年，马先生有一个朋友彭先生，求马先生介绍一个幽静的寓处，马先生忆起弘一法师前几天曾提起虎跑寺，就把这位彭先生陪送到虎跑寺去住。恰好弘一法师正在那里，经马先生之介绍，就认识了这位彭先生。同住了不多几天，到正月初八日，彭先生忽然发心出家了，由虎跑寺当家为他剃度。

弘一法师目击当时的一切，大大感动。可是还不想就出家，仅皈依三宝，拜老和尚了悟法师为皈依师，演音的名，弘一的号，就是那时取定的。假期满后，仍回到学校里来。

从此以后，他茹素了，有念珠了，看佛经，室中供佛像了。宋元理学书偶然仍看，道家书似已疏远。他对我说明一切经过及未来志愿，说出家有种种难处，以后打算暂以居士资格修行，在虎跑寺寄住，暑假后不再担任教师职务。我当时非常难堪，平素所敬爱的这样的好友，将弃我遁入空门去了，不胜寂寞之感。

在这七年之中，他想离开杭州一师，有三四次之多，有时是因为对于学校当局有不快，有时是因别处来请他，他几次要走，都是经我苦劝而作罢的。甚至于有一时期，南京高师苦苦求他任课，他已接受聘书了，因为我恳留他，他不忍拂我之意，于是杭州南京两处跑，一个月中要坐夜车奔波好几次。

他的爱我，可谓已超出寻常友谊之外，眼看这样的好友，因信仰的变化，要离我而去，而且信仰上的事，不比寻常名利关系，可以迁就。料想这次恐已无法留得他住，深悔从前不该留他。他若早离开杭州，也许不会遇到这样复杂的因缘的。暑假渐近，我的苦闷也愈加甚，他虽常用佛法好言安慰我，我总熬不住苦闷。有一次，我对他说过这样的一番狂言：

"这样做居士究竟不彻底。索性做了和尚，倒爽快！"

我这话原是愤激之谈，因为心里难过得熬不住了，不觉脱口而出。说出以后，自己也就后悔。他却仍是笑颜对我，毫不介意。

暑假到了，他把一切书籍、字画、衣服等等分赠朋友及校工们，我所得到的是他历年所写的字、他所有折扇及金表等。他自己带到虎跑寺去的，只是些布衣及几件日常用品。我送他出校门，他不许再送了，约期后会，黯然而别。暑假后，我就想去看他，忽然我父亲病了，到半个月以后才到虎跑寺去。相见时我吃了一惊，他已剃去短须，头皮光光，著起海青，赫然是个和尚了！笑说：

"昨日受剃度的。日子很好，恰巧是大势至菩萨生日。"

"不是说暂时做居士，在这里住住修行，不出家的吗？"我问。

"这也是你的意思，你说索性做了和尚……"

我无话可说，心中真是感慨万分。他问过我父亲的病况，留我小坐，说要写一幅字，叫我带回去作他出家的纪念。回进房去写字，半小时后才出来，写的是楞严大势至念佛圆通章，且加跋语，详记当时因缘，末有"愿他年同生安养共圆种智"的话。临别时我和他作约，尽力护法，吃素一年，他含笑点头，念一句"阿弥陀佛"。

自从他出家以后，我已不敢再谤毁佛法，可是对于佛法见闻不多，对于他的出家，最初总由俗人的见地，感到一种责任。以为如果我不苦留他在杭州，如果我不提出断食的话头，也许不会有虎跑寺马先生彭先生等因缘，他不会出家。如果最后我不因惜别而发狂言，他即使要出家，也许不会那么快速。我一向为这责任之感所苦，尤其在见到他作苦修行或听到他有疾病的时候。

近几年以来，我因他的督励，也常亲近佛典，略识因缘之不可思议，知道像他那样的人，是于过去无量数劫种了善根的。他的出家，他的弘法度生，都是夙愿使然，而且都是稀有的福德。正应代他欢喜，代众生欢喜。觉得以前的对他不安，对他负责任，不但是自寻烦恼，而且是一种僭妄了。

壹

宁静来自内心、
不要到外面去寻求

初到世间的慨叹

在清朝光绪年间，天津河东有一个地藏庵，庵前有一户人家。这是一座四进四出的进士宅邸，它的主人是一位官商，名字叫李世珍。曾是同治年间的进士，官任吏部主事，也因此使李家在当地的声名更加显赫了。但是，他为官不久，便辞官返乡了，开始经商。在晚年的时候，他虔诚拜佛，为人宽厚，乐善好施，被人称为"李善人"。而这就是我的父亲。

我是光绪六年在这个平和良善的家庭中出生的。生我时，我的母亲只有二十岁，而我父亲已近六十八岁了。这是因为我是父亲的小妾生的，也正是如此，虽然父亲很疼爱我，但是在那时的官宦人家，妾的地位很卑微，我作为庶子，身份也就无法与我的同父异母的哥哥相比。从小就感受到这种不公平待遇所给我带来的压抑感，然而只能是忍受着，也许这就为我今后出家埋下了伏笔。

在我五岁那年，父亲因病去世了。没有了父亲的庇护和依靠，我与母亲的处境很是困难，看着母亲一天到晚低眉顺眼、谨小慎微地度日，我的内心感到很难受，也使我产生了自卑的倾向。我养成了沉默寡言的内向性格，终日里与书做伴，与画为伍。只有在书画的世界里，我才能找到快乐和自由！

听我母亲后来跟我讲：在我降生的时候，有一只喜鹊叼着一根橄榄枝放在了产房的窗上，所有人都认为这是佛赐祥瑞。而我后来也一直将这根橄榄枝带在身边，并时常对着它祈祷。由于我的父亲对佛教的诚信，我在很小的时候，就有机会接触到佛教经典，受到佛法的熏陶。我小时候刚开始识字，就是跟着我的大娘，也就是我父亲的妻子，学习念诵《大悲咒》和《往生咒》。而我的嫂子也经常教我背诵《心经》和《金刚经》等。虽然那时我根本就不明白这些佛经的含义，也无从知晓它们的教理，但是我很喜欢念经时那种空灵的感受。也只有在这时我能感受到平等和安详，而我想这也许成为我今后出家的引路标。

我小时候，大约是六七岁的样子，就跟着我的哥哥文熙开始读书识字，并学习各种待人接物的礼仪，那时我哥哥已经二十岁了。由于我们家是书香门第，又是当地数一数二的官商世家，所以一直就沿袭着严格的教育理念。因此，我哥哥对我方方面面的功课，都督教得异常严格，稍有错误必加以严惩。我自小就在这样严厉的环境中长大，这使我从小就没有了小孩子应有的天真活泼，也疑我的天性遭到了压抑而导致有些扭曲。但是有一点不得不承认，那就是这种严格施教，对于我后来所养成的严谨认真的学习习惯和生活作风是起了决定作用的，而我后来的一切成就几乎都是得益于此，也由此我真心地感激我的哥哥。

当我长到八九岁时，就拜在常云政先生门下，成为他的入室弟子，开始攻读各种经史子集，并开始学习书法、金石等技艺。在我十三岁那年，天津的名士赵幼梅先生和唐静岩先生开始教我填词和书法，使我在诗词书画方面得到了很大的提高，功力也较以前深厚了。为了考取功名，我对八股文下了很大的功夫，也因此得以在天津县学加以训练。在我十六岁的时候，我有了自己的思想，因过去所受的压抑而造成的"反叛"倾向也开始抬头了。我开始对过去刻苦学习是为了报国济世的思想不那么热衷了，却对文艺产生了浓厚的兴趣，尤其是戏曲，也因此成了一个不折不扣的票友。在此期间，我结识过一个叫杨翠喜的人，我经常去听她唱戏，并送她回家，只可惜后来她被官家包养，后来又嫁给一个商人做了妾。

由此后，我也有些惆怅，而那时我哥哥已经是天津一位有名的中医大师了，但是有一点我很不喜欢，就是他为人比较势利，攀权附贵，嫌贫爱富。我曾经把我的看法向他说起，他不接受，并指责我有辱祖训，不务正业。无法，我只有与其背道而驰了，从行动上表示我的不满，对贫贱低微的人我礼敬有加，对富贵高傲的人我不理不睬；对小动物我关怀备至，对人我却不冷不热。在别人眼里我成了一个怪人，不可理喻，不过对此我倒是无所谓的。这可能是我日后看破红尘出家为僧的决定因素！

遇见精神的出生地

我一生中的大部分岁月都是在南方度过的，其中，杭州是我人生道路发生重大转变的地方。作为一名高校的艺术教师，我在浙一师的六年执教生涯中业绩斐然；作为一个诸艺略通的人，那段时期也该算我艺术创作的一个鼎盛期吧。然而更重要的是，在杭州，我找到了自己精神上的归宿，最终步入了佛门。

1912年3月，我接受浙江两级师范学堂（次年更名为浙江第一师范学校）教务长经亨颐的邀请，来该校任教。我之所以决定辞去此前在上海《太平洋报》极为出色的主编工作，除了经亨颐的热情邀请之外，西湖的美景也是一个重要的原因。经亨颐就曾说我本性淡泊，辞去他处厚聘，乐居于杭，一半勾留是西湖。

我那时已人到中年，而且渐渐厌倦了浮华声色，内心渴望一份安宁和平静，生活方式也渐渐变得内敛起来。我早在《太平洋报》任职期间，平日里便喜欢离群索居，几乎是足不出户。而在这之前，无论是在我的出生和成长之地天津，还是在我"二十文章惊海内"的上海，抑或是在我渡洋留学以专攻艺术的日本东京，我一直都生活在风华旋裹的氛围之中，随着这种心境的转变，到杭州来工作和生活，便成了一个再合适不过的选择。

1918 年 8 月 19 日，农历七月十三，相传是大势至菩萨的圣诞，我便于这一天在虎跑寺正式剃发出家了，法名演音，号弘一。

到了 9 月下旬，我移至锡灵隐受戒。正是在受戒期间，我辗转披读了马一浮送我的两本佛门律学典籍，分别是明清之际的二位高僧藕益智旭与见月宝华所著的《灵峰毗尼事义集要》和《宝华传戒正范》，不禁悲欣交集，发愿要让其时弛废已久的佛门律学重光于世。可以说，我后来的一切事务就是从事对佛教律学的研究，如果说因此取得了一点成绩，也正是由此开始起步的。

对于我的出家，历来众说纷纭，莫衷一是。其实，我为此写过一篇《我在西湖出家的经过》，对于自己出家的缘由与经过作了详细的介绍，无论如何，在我看来，佛教为世人提供了一条医治生命无常这一人生根本苦痛的道路，这使我觉得，没有比依佛法修行更为积极和更有意义的人生之路。当人们试图寻找各种各样的原因来解释我走向佛教的原因之时，不要忘记，最重要的原因其实正是来自佛教本身。就我皈依佛教而言，杭州可以说是我精神上的出生地。

我在西湖出家的经过

弘一法师述　高胜进笔记

杭州这个地方，实堪称为佛地，因为那边寺庙之多，约有两千余所，可想见杭州佛法之盛了。

最近"越风社"要出关于西湖的《增刊》，由黄居士来函，要我作一篇《西湖与佛教之因缘》，我觉得这个题目的范围太广泛了，而且又无参考书在手，短期内是不能做成的，所以现在就将我从前在西湖居住时把那些值得追味的几件事情来说一说，也算是纪念我出家的经过。

一

我第一次到杭州是光绪二十八年（1902 年）七月（本篇所记年月，皆依旧历）。在杭州住了约一个月光景，但是并没有到寺院里去过，只记得有一次到涌金门外去吃过一回茶而已，同时也就把西湖的风景稍微看了一下子。

第二次到杭州时，那是民国元年的七月里。这回到杭州倒住得很久，一直住了近十年，可以说是很久的了。

我的住处在钱塘门内，离西湖很近，只两里路光景。在钱塘门外，靠西湖边有一所小茶馆，名景春园，我常常一个人出门，独自到景春园的楼上去吃茶。民国初年的时候，西湖的情形，完全与现在两样。那时候还有城墙及很多柳树，都是很好看的。除了春秋两季的香会之外，西湖边的人总是很少；而钱塘门外，更是冷静了。

在景春园的楼下，有许多茶客，都是那些摇船抬轿的劳动者居多。而在楼上吃茶的就只有我一个人了。所以我常常一个人在上面吃茶，同时还凭栏看着西湖的风景。

在茶馆的附近，就是那有名的大寺院——昭庆寺了。我吃茶之后，也常常顺便到那里去看一看。

民国二年夏天的时候，我曾在西湖的广化寺里住了好几天。但是住的地方，却不是出家人的范围之内，那是在该寺的旁边有一所叫做"痘神祠"的楼上。痘神祠是广化寺专门为着要给那些在家的客人住的。当时我住在里面的时候，有时也曾到出家人所住的地方去看看，心里却感觉很有意思呢！

记得那时我亦常常坐船到湖心亭去吃茶。

曾有一次，学校里有一位名人来演讲，那时，我和夏丏尊居士却出门躲避，到湖心亭上去吃茶了。当时夏丏尊对我说："像我们这种人，出家做和尚倒是很好的。"我听到这句话，就觉得很有意思。这可以说是我后来出家的一个原因了。

二

到了民国五年的夏天，因为看到日本杂志中有说及关于断食方法的，谓断食可以治疗各种疾病。当时我就起了一种好奇心，想来断食一下。因为我那个时候患有神经衰弱症，若实行断食后，或者可以痊愈亦未可知。要行断食时，须于寒冷的季候方宜。所以我便预定十一月来作断食的时间。

至于断食的地点呢？总须先想一想，考虑一下，似觉总要有个很幽静的地方才好。当时我就和西泠印社的叶品三君来商量，结果他说在西湖附近的地方，有一所虎跑寺可作为断食的地点。我就问他：既要到虎跑寺去，总要有人来介绍才对，究竟要请谁呢？他说有一位丁辅之是虎跑的大护法，可以请他去说一说。于是他便写信请丁辅之代为介绍了。因为从前的虎跑不像现在这样热闹，而是游客很少且十分冷静的地方，若用来作为我断食的地点，可以说是最相宜的了。

到了十一月，我还不曾亲自到过。于是我便托人到虎跑寺那边去走一趟，看看在哪一间房里住好？看的人回来说，在方丈楼下的地方，倒很幽静的。因为那边的房子很多，且平常的时候都是关起来，游客是不能走进去的；而在方丈楼上，则只有一位出家人住着，此外并没有什么人居住。等到十一月底，我到了虎跑寺，就住在方丈楼下的那间屋子里。

我住进去以后，常常看见一位出家人在我的窗前经过，即是住在楼上的那一位，我看到他却十分地欢喜呢！因此，就时常和他谈话，同时，他也拿佛经来给我看。

我以前虽然从五岁时，即时常和出家人见面，时常看见出家人到我的家里念经及拜忏。而于十二三岁时，也曾学了放焰口。可是并没有和有道的出家人住在一起，同时也不知道寺院中的内容是怎样，以及出家人的生活又是如何。这回到虎跑寺去住，看到他们那种生活，却很欢喜而且羡慕起来了。

常護諸佛法

恒修淨戒香

大方廣佛華嚴經偈頌集句

燕懷女居士澄鑒 壬午晚晴老人

大方廣佛華嚴經偈頌集句

廣大寂靜三摩地

清淨光明徧照尊

塵客居士供養　壬申沙門如覺

我虽然在那边只住了半个多月，但心里头却十分愉快，而且对于他们所吃的菜蔬，更是欢喜吃。及回到学校以后，我就请用人依照他们那样的菜煮来吃。

这一次我到虎跑寺去断食，可以说是我出家的近因了。

三

到了民国六年的下半年，我就发心吃素了。

在冬天的时候，即请了许多的经，如《普贤行愿品》《楞严经》《大乘起信论》等很多的佛经。而于自己的房里也供起佛像来，如地藏菩萨、观世音菩萨等的像。于是亦天天烧香了。

到了这一年放年假的时候，我并没有回家去，而到虎跑寺里面去过年。我仍旧住在方丈楼下。那个时候，则更感觉有兴味了，于是就发心出家。同时就想拜那位住在方丈楼上的出家人作师父。他的名字是弘详师。可是他不肯我去拜他，而介绍我拜他的师父。他的师父是在松木场护国寺里居住的。于是他就请他的师父回到虎跑寺来，而我也就于民国七年正月十五日受三皈依了。

我打算于此年的暑假入山，而预先在寺里住了一年后然后再实行出家的。当这个时候，我就做了一件海青及学习两堂功课。在二月初五日那天，是我母亲的忌日，于是我就先于两天前到虎跑寺去，诵了三天的《地藏经》，为我的母亲回向。到了五月底，我就提前考试。考试之后，即到虎跑寺入山了。

到了寺中一日以后，即穿出家人的衣裳，而预备转年再剃度。

及至七月初的时候夏丏尊居士来，他看到我穿出家人的衣裳但还未出家，他就对我说："既住在寺里面，并且穿了出家人的衣裳，而不即出家，那是没有什么意思的。所以还是赶紧剃度好！"

我本来是想转年再出家的，但是承他的劝，于是就赶紧出家了。便于七月十三日那一天，相传是大势至菩萨[①]的圣诞，所以就在那天落发。

落发以后仍须受戒的，于是由林同庄君的介绍，而到灵隐寺去受戒了。

灵隐寺是杭州规模最大的寺院，我一向对着它是很欢喜的。我出家以后，曾到各处的大寺院看过，但是总没有像灵隐寺那么好！八月底，我就到灵隐寺去，寺中的方丈和尚却很客气，叫我住在客堂后面芸香阁的楼上。当时是由慧明法师做大师父的。有一天，我在客堂里遇到这位法

---

① 大势至菩萨，即大势至菩萨摩柯萨，为西方极乐世界阿弥陀佛的右胁侍者，西方三圣之一。

师了，他看到我时就说："既是来受戒的，为什么不进戒堂呢？虽然你在家的时候是读书人，但是读书人就能这样地随便吗？就是在家时是一个皇帝，我也是一样看待的！"那时方丈和尚仍是要我住在客堂楼上，而于戒堂里有了紧要的佛事时，方命我去参加一两回的。

那时候，我虽然不能和慧明法师时常见面，但是看到他忠厚笃实的容色，却是令我佩服不已的。

受戒以后，我仍回到虎跑寺居住。到了十二月底，即搬到玉泉寺去住。此后即常常到别处去，没有久住在西湖了。

回想到我以前在西湖边上居住时，那种闲静幽雅的生活，真是如同隔世，现在只能托之于梦想了。

1936 年春述于厦门南普陀寺

改习惯

癸酉在泉州承天寺讲

吾人因多生以来之夙习，及以今生自幼所受环境之熏染，而自然现于身口意者，名曰习惯。

习惯有善有不善，今且言其不善者。常人对于不善之习惯，而略称之曰习惯。今依俗语而标题也。

在家人之教育，以矫正习惯为主。出家人亦尔。但近世出家人，唯尚谈玄说妙。于自己微细之习惯，固置之不问。即自己一言一动，极粗显易知之习惯，亦罕有加以注意者。可痛叹也。

余于三十岁时，即觉知自己恶习惯太重，颇思尽力对治。出家以来，恒战战兢兢，不敢任情适意。但自愧恶习太重。二十年来，所矫正者百无一二。自今以后，愿努力痛改。更愿有缘诸道侣，亦皆奋袂兴起，同致力于此也。

吾人之习惯甚多。今欲改正，宜依如何之方法耶？若胪列多条，而一时改正，则心劳而效少，以余经验言之，宜先举一条乃至三四条，逐日努力检点，既已改正，后再逐渐增加可耳。

今春以来，有道侣数人，与余同研律学，颇注意于改正习惯。数月以来，稍有成效。今愿述其往事，以告诸公。但诸公欲自改其习惯，不必尽依此数条，尽可随宜酌定。余今所述者，特为诸公作参考耳。

学律诸道侣，已改正习惯，有七条。

一、食不言。现时中等以上各寺院，皆有此制，故改正甚易。

二、不非时食。初讲律时，即由大众自己发心，同持此戒。后来学者亦尔。遂成定例。

三、衣服朴素整齐。或有旧制，色质未能合宜者，暂作内衣，外罩如法之服。

四、别修礼诵等课程。每日除听讲研究抄写，及随寺众课诵外。皆别自立礼诵等课程，尽力行之。或有每晨于佛前跪读《法华经》者，或有读《华严经》者，或有读《金刚经》者，或每日念佛一万以上者。

五、不闲谈。出家人每喜聚众闲谈，虚丧光阴，废弛道业，可悲可痛！今诸道侣已能渐除此习。每于食后或傍晚，休息之时。皆于树下檐边，或经行或端坐，若默诵佛号若朗读经文若默然摄念。

六、不阅报。各地日报，社会新闻栏中，关于杀盗淫妄等事记载最详。而淫欲诸事，尤描摹尽致。虽无淫欲之人，常阅报纸，亦必受其熏染。此为现代世俗教育家所痛慨者。在家人所以须阅报纸者，为职业事务之关系，不得已也。若出家之人，应勤修戒定慧，日夜精进如救头燃，何须批阅报纸而之尚遣耶。故学律诸道侣，近已自己发心不阅报纸。

七、常劳动。出家人性多懒惰，不喜劳动。今学律诸道侣，皆已发心，每日扫除大殿及僧房檐下，并奋力做其他种种劳动之事。

以上为已改正之习惯，共有七条。

尚有近来特实行改正之二条，亦附列于下：

一、食碗所剩饭粒。印光法师最不喜此事。若见剩饭粒者，即当面痛呵斥之。所谓"施主一粒米，恩重大如山"也。但若烂粥烂面留滞碗上，不易除去者，则非此限。

二、坐时注意威仪。垂足坐时，双腿平列。不宜左右互相翘架，更不宜耸立或直伸。余于在家时，已改此习惯。且现代出家人普通之威仪，亦不许如此。想此习惯不难改正也。

总之，学律诸道侣改正习惯时，皆由自己发心，决无人出命令而禁止也。

万古是非浑短梦

一句弥陀作大舟

岁阳玄黓室罗伐代蜂月 和乔信凯

改过实验谈

癸酉正月十一日在妙释寺讲稿

今值旧历新年，请观厦门全市之中，新气象充满，门户贴新春联，人多著新衣，口言恭贺新禧、新年大吉等。我等素信佛法之人，当此万象更新时，亦应一新乃可。我等所谓新者何，亦如常人贴新春联、著新衣等以为新乎？曰：不然。我等所谓新者，乃是改过自新也。但"改过自新"四字范围太广，若欲演讲，不知从何说起。今且就余五十年来修省改过所实验者，略举数端为诸君言之。

余于讲说之前，有须预陈者，即是以下所引诸书，虽多出于儒书，而实合于佛法。因谈玄说妙修证次第，自以佛书最为详尽。而我等初学之人，持躬敦品、处事接物等法，虽佛书中亦有说者，但儒书所说，尤为明白详尽适于初学。故今多引之，以为吾等学佛法者之一助焉。以下分为总论别示二门。

总论者，即是说明改过之次第：

一、学须先多读佛书儒书，详知善恶之区别及改过迁

20

善之法。倘因佛儒诸书浩如烟海，无力遍读，而亦难于了解者，可以先读《格言联璧》一部。余自儿时，即读此书。归信佛法以后，亦常常翻阅，甚觉其亲切而有味也。此书佛学书局有排印本甚精。

二、省既已学矣，即须常常自己省察，所有一言一动，为善欤，为恶欤？若为恶者，即当痛改。除时时注意改过之外，又于每日临睡时，再将一日所行之事，详细思之。能每日写录日记，尤善。

三、改省察以后，若知是过，即力改之。诸君应知改过之事，乃是十分光明磊落，足以表示伟大之人格。故子贡云："君子之过也，如日月之食焉；过也人皆见之，更也人皆仰之。"又古人云："过而能知，可以谓明。知而能改，可以即圣。"诸君可不勉乎！

别示者，即是分别说明余五十年来改过迁善之事。但其事甚多，不可胜举。今且举十条为常人所不甚注意者，先与诸君言之。《华严经》中皆用十之数目，乃是用十以表示无尽之意。今余说改过之事，仅举十条，亦尔；正以示余之过失甚多，实无尽也。此次讲说时间甚短，每条之中仅略明大意，未能详言，若欲知者，且俟他日面谈耳。

一、虚心　常人不解善恶，不畏因果，决不承认自己有过，更何论改？但古圣贤则不然。今举数例：孔子曰："五十以学易，可以无大过矣。"又曰："闻义不能徙，不善不能改，是吾忧也。"蘧伯玉为当时之贤人，彼使人于孔子。孔子与之坐而问焉，曰："夫子何为？"对曰："夫子欲寡其过而未能也。"圣贤尚如此虚心，我等可以贡高自满乎！

二、慎独　吾等凡有所作所为，起念动心，佛菩萨乃至诸鬼神等，无不尽知尽见。若时时作如是想，自不敢胡作非为。曾子曰："十目所视，十手所指，其严乎！"又引诗云："战战兢兢，如临深渊，如履薄冰。"此数语为余所常常忆念不忘者也。

三、宽厚　造物所忌，曰刻曰巧。圣贤处事，唯宽唯厚。古训甚多，今不详录。

四、吃亏　古人云："我不识何等为君子，但看每事肯吃亏的便是。我不识何等为小人，但看每事好便宜的便是。"古时有贤人某临终，子孙请遗训，贤人曰："无他言，尔等只要学吃亏。"

五、寡言　此事最为紧要。孔子云："驷不及舌。"

可畏哉！古训甚多，今不详录。

六、不说人过　古人云："时时检点自己且不暇，岂有功夫检点他人。"孔子亦云："躬自厚而薄责于人。"以上数语，余常不敢忘。

七、不文己过　子夏曰："小人之过也必文。"我众须知文过乃是最可耻之事。

八、不覆己过　我等倘有得罪他人之处，即须发大惭愧，生大恐惧。发露陈谢，忏悔前愆。万不可顾惜体面，隐忍不言，自诳自欺。

九、闻谤不辩　古人云："何以息谤？曰：无辩。"又云："吃得小亏，则不至于吃大亏。"余三十年来屡次经验，深信此数语真实不虚。

十、不嗔　嗔习最不易除。古贤云："二十年治一怒字，尚未消磨得尽。"但我等亦不可不尽力对治也。《华严经》云："一念嗔心，能开百万障门。"可不畏哉！

因限于时间，以上所言者殊略，但亦可知改过之大意。最后，余尚有数言，愿为诸君陈者：改过之事，言之似易，行之甚难。故有屡改而屡犯，自己未能强作主宰者，实由无始宿业所致也。务请诸君更须常常持诵阿弥陀佛名号，观世音地藏诸大菩萨名号，至诚至敬，恳切忏悔无始宿业，冥冥中自有不可思议之感应。承佛菩萨慈力加被，业消智朗，则改过自新之事，庶几可以圆满成就，现生优入圣贤之域，命终往生极乐之邦，此可为诸君预贺者也。

常人于新年时，彼此晤面，皆云恭喜，所以贺其将得名利。余此次于新年时，与诸君晤面，亦云恭喜，所以贺诸君将能真实改过不久将为贤为圣；不久决定往生极乐，速成佛道，分身十方，普能利益一切众生耳。

青年佛徒应注意的四项
丙子正月开学日在南普陀寺佛教养正院讲演

养正院从开办到现在，已是一年多了。外面的名誉很好，这因为由瑞金法师主办，又得各位法师热心爱护，所以能有这样的成绩。

我这次到厦门，得来这里参观，心里非常欢喜。各方面的布置都很完美，就是地上也扫得干干净净的，这样，在别的地方，很不容易看到。

我在泉州草庵大病的时候，承诸位写一封信来——各人都签了名，慰问我的病状；并且又承诸位念佛七天，代我忏悔，还有像这样别的事，都使我感激万分！

再过几个月，我就要到鼓浪屿日光岩去方便闭关了。时期大约颇长久，怕不能时时会到，所以特地发信来和诸位叙谈叙谈。

今天要和诸位谈的，共有四项：一是惜福，二是习劳，三是持戒，四是自尊，都是青年佛徒应该注意的。

一、惜福

"惜"是爱惜，"福"是福气。就是我们纵有福气，也要加以爱惜，切不可浪费它。诸位要晓得：末法时代，人的福气是很微薄的。若不爱惜，将这很薄的福享尽了，就要受莫大的痛苦，古人所说"乐极生悲"，就是这意思啊！我记得从前小孩子的时候，我父亲请人写了一副大对联，是清朝刘文定公的句子，高高地挂在大厅的抱柱上，上联是"惜食，惜衣，非为惜财缘惜福"。我的哥哥时常教我念这句子，我念熟了，以后凡是临到穿衣或是饮食的当儿，我都十分注意，就是一粒米饭，也不敢随意糟掉；而且我母亲也常常教我，身上所穿的衣服当时时小心，不可损坏或污染。这因为母亲和哥哥怕我不爱惜衣食，损失福报，以致短命而死，所以常常这样叮嘱着。

诸位可晓得，我五岁的时候，父亲就不在世了！七岁我练习写字，拿整张的纸瞎写，一点儿不知爱惜，我母亲

話洽覺春風生坐

酒酣喝明月倒行

錦生仁弟屬

看到，就正言厉色地说："孩子！你要知道呀！你父亲在世时，莫说这样大的整张的纸不肯糟蹋，就连寸把长的纸条，也不肯随便丢掉哩！"母亲这话，也是惜福的意思啊！

我因为有这样的家庭教育深深地印在脑里，后来年纪大了，也没一时不爱惜衣食；就是出家以后，一直到现在，也还保守着这样的习惯。诸位请看我脚上穿的一双黄鞋子，还是民国九年（1920年）在杭州时候，一位打念佛七的出家人送给我的。如诸位有空，可以到我房间里来看看我的棉被面子，还是出家以前所用的；又有一把洋伞，也是民国初年（1912年）买的。这些东西，即使有破烂的地方，请人用针线缝缝，仍旧同新的一样了。简直可尽我形寿受用着哩！不过，我所穿的小衫裤和罗汉草鞋一类的东西，却须五六年一换，除此以外，一切衣物，大都是在家时候或是初出家时候制的。

以前常有人送我好的衣服或别的珍贵之物，但我大半都转送别人。因为我知道我的福薄，好的东西是没有胆量受用的。又如吃东西，只生病时候吃一些好的，除此以外，从不敢随便乱买好的东西吃。

惜福并不是我一个人的主张，就是净土宗大德印光老法师也是这样，有人送他白木耳等补品，他自己总不愿意吃，转送到观宗寺去供养谛闲法师。别人问他："法师！

你为什么不吃好的补品？"他说："我福气很薄，不堪消受。"

他老人家——印光法师，性情刚直，平常对人只问理之当不当，情面是不顾的。前几年有一位皈依弟子，是鼓浪屿有名的居士，去看望他，和他一道吃饭，这位居士先吃好，老法师见他碗里剩落了一两粒米饭，于是就很不客气地呵斥道："你有多大福气，可以这样随便糟蹋饭粒，你得把它吃光！"

诸位！以上所说的话，句句都要牢记！要晓得：我们即使有十分福气，也只好享受二三分，所余的可以留到以后去享受；诸位或者能发大心，愿以我的福气，布施一切众生，共同享受，那更好了。

二、习劳

"习"是练习，"劳"是劳动。现在讲讲习劳的事情：

诸位请看看自己的身体，上有两手，下有两脚，这原为劳动而生的。若不将他运用习劳，不但有负两手两脚，就是对于身体也一定有害无益的。换句话说：若常常劳动，身体必定康健。而且我们要晓得：劳动原是人类本分上的事，不唯我们寻常出家人要练习劳动，即使到了佛的地位，也要常常劳动才行，现在我且讲讲佛的劳动的故事：

所谓佛，就是释迦牟尼佛。在平常人想起来，佛在世时，总以为同现在的方丈和尚一样，有衣钵师、侍者师常常侍候着，佛自己不必做什么；但是不然，有一天，佛看到地上不很清洁，自己就拿起扫帚来扫地，许多大弟子见了，也过来帮扫，不一时，把地扫得十分清洁。佛看了欢喜，随即到讲堂里去说法，说道："若人扫地，能得五种功德……"

又有一个时候，佛和阿难出外游行，在路上碰到一个喝醉了酒的弟子，已醉得不省人事了；佛就命阿难抬脚，自己抬头，一直抬到井边，用桶汲水，叫阿难把他洗濯干净。

有一天，佛看到门前木头做的横楣坏了，自己动手去修补。

有一次，一个弟子生了病，没有人照应，佛就问他："你生了病，为什么没人照应你？"那弟子说："从前人家有病，我不曾发心去照应他；现在我有病，所以人家也不来照应我了。"佛听了这话，就说："人家不来照应你，就由我来照应你吧！"

就将那病弟子大小便种种污秽，洗濯得干干净净；并且还将他的床铺，理得清清楚楚，然后扶他上床。由此可见，佛是怎样的习劳了。佛决不像现在的人，凡事都要人家服劳，自己坐着享福。这些事实，出于经律，并不是凭空说说的。

现在我再说两桩事情，给大家听听：《弥陀经》中载着的一位大弟子——阿泥楼陀，他双目失明，不能料理自己，佛就替他裁衣服，还叫别的弟子一道帮着做。

有一次，佛看到一位老年比丘眼睛花了，要穿针缝衣，无奈眼睛看不清楚，嘴里叫着："谁能替我穿针呀？"

佛听了立刻答应说："我来替你穿。"

以上所举的例，都证明佛是常常劳动的。我盼望诸位，也当以佛为模范，凡事自己动手去做，不可依赖别人。

三、持戒

"持戒"二字的意义，我想诸位总是明白的吧！我们不说修到菩萨或佛的地位，就是想来生再做人，最低的限度也要能持五戒。可惜现在受戒的人虽多，但只是挂个名而已，切切实实能持戒的却很少。要知道：受戒之后，若不持戒，所犯的罪，比不受戒的人要加倍的大，所以我时常劝人不要随便受戒。至于现在一般传戒的情形，看了真痛心，我实在说也不忍说了！我想最好还是随自己的力量去受戒，万不可敷衍门面，自寻苦恼。

戒中最重要的，不用说是杀、盗、淫、妄，此外还有饮酒、食肉，也易惹人讥嫌。至于吃烟，在律中虽无明文，但在我国习惯上，也很容易受人讥嫌的，总以不吃为是。

梅華一奇鼻功德

茅屋三間心太平

癸丑夏至節思翁

四、自尊

"尊"是尊重,"自尊"就是自己尊重自己,可是人都喜欢人家尊重我,而不知我自己尊重自己;不知道要想人家尊重自己,必须从我自己尊重自己做起。怎样尊重自己呢?就是自己时时想着:我当做一个伟大的人,做一个了不起的人。比如我们想做一位清净的高僧吧,就拿《高僧传》来读,看他们怎样行,我也怎样行,所谓"彼既丈夫我亦尔"。又比方我想将来做一位大菩萨,那么,就当依经中所载的菩萨行,随力行去。这就是自尊。但自尊与贡高不同:贡高是妄自尊大,目空一切的胡乱行为;自尊是自己增进自己的德业,其中并没有一丝一毫看不起人的意思。

诸位万万不可以为自己是一个小孩子,是一个小和尚,一切不妨随便些,也不可说我是一个平常的出家人,哪里敢希望做高僧、做大菩萨。凡事全在自己做去,能有高尚的志向,没有做不到的。

诸位如果这样想:我是不敢希望做高僧、做大菩萨的,那做事就随随便便,甚至自暴自弃,走到堕落的路上去了,那不是很危险的吗?诸位应当知道:年纪虽然小,志气却不可不高啊!

我还有一句话，要向大家说，我们现在依佛出家，所处的地位是非常尊贵的，就以剃发、披袈裟的形式而论，也是人天师表，国王和诸天人来礼拜，我们都可端坐而受。你们知道这道理吗？自今以后，就当尊重自己，万万不可随便了。

以上四项，是出家人最当注意的，别的我也不多说了。我不久就要闭关，不能和诸位时常在一块儿谈话，这是很抱歉的。但我还想在关内讲讲律，每星期讲三四次，诸位碰到例假，不妨来听听！

今天得和诸位见面，我非常高兴。我只希望诸位把我所讲的四项，牢记在心，作为永久的纪念！

时间讲得很久了，费诸位的神，抱歉！抱歉！

南闽十年之梦影

我一到南普陀寺，就想来养正院和诸位法师讲谈讲谈，原定的题目是"余之忏悔"，说来话长，非十几小时不能讲完；近来因为讲律，须得把讲稿写好，总抽不出一个时间来，心里又怕负了自己的初愿，只好抽出很短的时间，来和诸位谈谈，谈我在南闽十年中的几件事情！

我第一回到南闽，在一九二八年的十一月，是从上海来的。起初还是在温州，我在温州住得很久，差不多有十年光景。

由温州到上海，是为着编辑《护生画集》的事，和朋友商量一切，到十一月底，才把《护生画集》编好。

那时我听人说：尤惜阴居士也在上海。他是我旧时很要好的朋友，我就想去看一看他。一天下午，我去看尤居士，居士说要到暹罗国去，第二天一早就要动身的。我听了觉得很喜欢，于是也想和他一道去。

我就在十几小时中，急急地预备着。第二天早晨，天还没大亮，就赶到轮船码头，和尤居士一起动身到暹罗国去了。从上海到暹罗，是要经过厦门的，料不到这就成了我来厦门的因缘。十二月初，到了厦门，承陈敬贤居士的招待，也在他们的楼上吃过午饭，后来陈居士就介绍我到南普陀寺来。那时的南普陀，和现在不同，马路还没有建筑，我是坐着轿子到寺里来的。

到了南普陀寺，就在方丈楼上住了几天。时常来谈天的，有性愿老法师、芝峰法师等。芝峰法师和我同在温州，虽不曾见过面，却是很相契的。现在突然在南普陀寺晤见了，真是说不出的高兴。

我本来是要到暹罗去的，因着诸位法师的挽留，就留滞在厦门，不想到暹罗国去了。

在厦门住了几天，又到小云峰那边去过年。一直到正月半以后才回到厦门，住在闽南佛学院的小楼上，约莫住了三个月工夫。看到院里面的学僧虽然只有二十几位，他们的态度都很文雅，而且很有礼貌，和教职员的感情也很不差，我当时很赞美他们。

这时芝峰法师就谈起佛学院里的课程来。他说："门类分得很多，时间的分配却很少，这样下去，怕没有什么成绩吧？"因此，我表示了一点意见，大约是说："把英文和算术等删掉，佛学却不可减少，而且还得增加，就把腾出来的时间教佛学吧！"他们都很赞成。听说从此以后，学生们的成绩，确比以前好得多了！

我在佛学院的小楼上，一直住到四月间，怕将来的天气更会热起来，于是又回到温州去。

第二回到南闽，是在一九二九年十月。起初在南普陀寺住了几天，以后因为寺里要做水陆，义搬到太平岩去住。等到水陆圆满，又回到寺里，在前面的老功德楼住着。

当时闽南佛学院的学生忽然增加了两倍多，有六十多位，管理方面不免感到困难。虽然竭力地整顿，终不能恢复以前的样子。

不久，我又到小雪峰去过年，正月半才到承天寺来。

那时性愿老法师也在承天寺，在起草章程，说是想办什么研究社。

不久，研究社成立了，景象很好，真所谓"人才济济"，很有一种难以形容的盛况。现在妙释寺的善契师，南山寺的传证师，以及南普陀寺已故的广究师，等等，都是那时候的学僧哩！

研究社初办的几个月间，常住的经忏很少，每天有工夫上课，所以成绩卓著，为别处所少有。

当时我也在那边教了两回写字的方法，遇有闲空，又拿寺里那些古版的藏经来整理整理，后来还编成目录，至今留在那边。这样在寺里约莫住了三个月，到四月，怕天气要热起来，又回到温州去。

一九三一年九月，广洽法师写信来，说很盼望我到厦门去。当时我就从温州动身到上海，预备再到厦门，但许多朋友都说：时局不大安定，远行颇不相宜。于是我只好仍回温州。直到转年（即一九三二年）十月，到了厦门，计算起来，已是第三回了。

到厦门之后，由性愿老法师介绍，到山边岩去住，但其间妙释寺也去住了几天。

那时我虽然没有到南普陀来住，但佛学院的学僧和教职员，却是常常来妙释寺谈天的。

一九三三年正月廿一日，我开始在妙释寺讲律。这年五月，又移到开元寺去。

当时许多学律的僧众，都能勇猛精进，一天到晚地用功，从没有空过的工夫；就是秩序方面也很好，大家都啧啧地称赞着。

有一天，已是黄昏时候了，我在学僧们宿舍前面的大树下立着，各房灯火发出很亮的光；诵经之声，又复郎朗入耳，一时心中觉得有无限的欢慰！可是这种良好的景象，不能长久地继续下去，恍如昙花一现，不久就消失了。但是当时的景象，却很深地印在我的脑中，现在回想起来，还如在大树底下目睹一般。这是永远不会消灭，永远不会忘记的啊！

十一月，我搬到草庵来过年。

一九三四年二月，又回到南普陀。当时旧友大半散了；佛学院中的教职员和学僧，也没有一位原认识的！我这一回到南普陀寺来，是准了常惺法师的约，来整顿僧教育的。后来我观察情形，觉得因缘还没有成熟，要想整顿，一时也无从着手，所以就作罢了。此后并没有到闽南佛学院去。

讲到这里，我顺便将我个人对于僧教育的意见，说明一下：

我平时对于佛教是不愿意去分别哪一宗、哪一派的，因为我觉得各宗各派，都各有各的长处。但是有一点，我认为无论哪一宗哪一派的学僧，却非深信不可，那就是佛教的基本原则，就是深信善恶因果报应的道理。——善有善报，恶有恶报；同时还须深信佛菩萨的灵感！这不仅初级的学僧应该这样，就是升到佛教大学也要这样！

善恶因果报应和佛菩萨的灵感道理，虽然很容易懂，可是能彻底相信的却不多。这所谓信，不是口头说说的信，是要内心切切实实去信的呀！咳！这很容易明白的道理，若要切切实实地去信，却不容易啊！我认为无论如何，必须深信善恶因果报应和诸佛菩萨灵感的道理，才有做佛教徒的资格！须知善有善报，恶有恶报，这种因果报应，是丝毫不爽的！又须知我们一个人所有的行为，一举一动，以至起心动念，诸佛菩萨都看得清清楚楚！一个人若能这样十分决定地信着，他的品行道德，自然会一天比一天地高起来！要晓得我们出家人，就所谓"僧宝"，在俗家人之上，地位是很高的。所以品行道德，也要在俗家人之上才行！

倘品行道德仅能和俗家人相等，那已经难为情了。何况不如？又何况十分地不如呢？……咳！……这样他们看出家人就要十分地轻慢，十分地鄙视，种种讥笑的话，也接连地来了。……

记得我将要出家的时候，有一位在北京的老朋友写信来劝告我，你知道他劝告的是什么？他说："听到你要不做人，要做僧去。……"咳！……我们听到了这话，该是怎样地痛心啊！他以为做僧的，都不是人，简直把僧不当人看了！你想，这句话多么厉害呀！出家人何以不是人？为什么被人轻慢到这地步？我们都得自己反省一下！我想这原因都由于我们出家人做人太随便的缘故。种种太随便了，就闹出这样的话柄来了。至于为什么会随便呢？那就是不能深信善恶因果报应和诸佛菩萨灵感的道理的缘故。倘若我们能够真正地信，十分决定地信，我想就是把你的脑袋斫掉，也不肯随便的了！

以上所说，并不是单单养正院的学僧应该牢记，就是佛教大学的学僧也应该牢记，相信善恶因果报应和诸佛菩萨灵感不爽的道理。

就我个人而论，已经是将近六十岁的人了，出家已有二十年，但我依旧喜欢看这类的书——记载善恶因果报应和佛菩萨灵感的书。

我近来省察自己，觉得自己越弄越不像了！所以我要常常研究这一类的书。希望我的品行道德，一天高尚一天。希望能够改过迁善，做一个好人，又因为我想做一个好人，同时我也希望诸位都做好人。

这一段话，虽然是我勉励我自己的，但我很希望诸位也能照样去实行。

关于善恶因果报应和佛菩萨灵感的书，印光老法师在苏州办的弘化社那边印得很多，定价也很低廉，诸位若要看的话，可托广洽法师写信去购请，或者他们会赠送也未可知。

以上是我个人对于僧教育的一点意见。下面我再来说几样事情：

我于一九三五年到惠安净峰寺去住。到十一月，忽然生了一场大病，所以我就搬到草庵来养病。这一回的大病，可以说是我一生的大纪念！我于一九三六年的正月，扶病到南普陀寺来。在病床上有一只钟，比其他的钟总要慢两刻，别人看到了，总是说这个钟不准，我说："这是草庵钟。"别人听了"草庵钟"三字还是不懂，难道天下的钟也有许多不同的吗？现在就让我详详细细地来说个明白。

我那一回大病，在草庵住了一个多月。摆在病床上的钟，是以草庵的钟为标准的。而草庵的钟，总比一般的钟要慢半点。我以后虽然移到南普陀，但我的钟还是那个样子，比平常的钟慢两刻，所以"草庵钟"就成了一个名词。这件事由别人看来，也许以为是很好笑的吧！但我觉得很有意思！因为我看到这个钟，就想到我在草庵生大病的情形了，这往往使我发大惭愧，惭愧我德薄业重。我要自己时时发大惭愧，我总是故意地把钟改慢两刻，照草庵那钟的样子，不只当时如此，到现在还是如此，而且愿尽形寿，常常如此。

以后在南普陀住了几个月，于五月间，才到鼓浪屿日光岩去。十二月仍回南普陀。到今年一九三七年，我在闽南居住，算起来，首尾已是十年了。

回想我在这十年之中，在闽南所做的事情，成功的却是很少很少，残缺破碎的居其大半，所以我常常自己反省，觉得自己的德行，实在十分欠缺！因此近来我自己起了一个名字，叫"二一老人"。什么叫"二一老人"呢？这有我自己的根据。

记得古人有句诗："一事无成人渐老。"清初吴梅村（伟业）临终的绝命词有：

"一钱不值何消说。"这两句诗的开头都是"一"字，所以我用来做自己的名字，叫作"二一老人"。

因此我十年来在闽南所做的事，虽然不完满，而我也不怎样地去求他完满了。

诸位要晓得，我的性情是很特别的，我只希望我的事情失败，因为事情失败、不完满，这才使我常常发大惭愧！

少勤先生屬

有田半頃

擁書百城

能够晓得自己的德行欠缺，自己的修善不足，那我才可努力用功，努力改过迁善。

一个人如果事情做完满了，那么这个人就会心满意足，洋洋得意，反而增长他傲慢的念头，生出种种的过失来。所以还是不去希望完满的好。

不论什么事，总希望他失败，失败才会发大惭愧，倘若因成功而得意，那就不得了啦！

我近来，每次想到"二一老人"这个名字，觉得很有意味！这"二一老人"的名字，也可以算是我在闽南居住了十年的一个最好的纪念。

（本文系弘一大师一九三七年三月二十八日在南普陀寺佛教养正院讲演）

断食日志

（说明，此为弘一大师于出家前两年在杭州大慈山虎跑寺试验断食时所记之经过，自入山至出山，首尾共二十天，对于起居身心，详载靡遗。据大师年谱所载，时为民国五年，大师之七七岁）

丙辰嘉平一日始。断食后，易名欣，字俶同，黄昏老人，李息。

十一月廿二日，决定断食。祷诸大神之前，神诏断食，故决定之。

择录村井氏说：妻之经验。最初四日，预备半断食。六月五日、六日，粥、梅干。七日、八日，重汤、梅干。九日始本断食，安静。饮用水一日五合，一回一合，分五六回服用。第二日，饥饿胸烧，舌生白苔。第三、四日，肩腕痛。第四日，腹部全体凝固，体倦就床，晨轻晚重。第五日，同，稍轻减，坐起一度散步。第六日，轻减，气氛爽快，白苔消失，胸烧愈。第七日，晨平稳，断食期至此止。

后一日，摄重汤，轻二碗三回，梅干无味。后二日，同。后三日，粥、梅干、胡瓜，实入吸物。后四日，粥，吸物，少量刺身。后五日，粥、野菜、轻鱼。后六日，普通食，起床，此两三日，手足浮肿。

断食期内，或体痛不能眠，或下痢，或嚏。便时以不下床为宜。预备断食或一周间，粥三日，重汤四日。断食后或须一周间，重汤三日，粥四日，个半月体量恢复。半断食时服。

到虎跑寺携带品：被褥帐枕、米、梅干、杨子、齿磨、手巾手帕、便器、衣、洒水布、日记纸笔书、番茶，镜。

预定期间：一日下午赴虎跑寺。上午闻玉去预备。中食饭，晚食粥、梅干。二日、三日、四日，粥、梅干。五日、六日、七日，重汤、梅干。八日至十七日断食。十八日、十九日、二十日，重汤、梅干。廿一日、廿二日、廿三日、廿四日，粥、梅干、轻菜食。廿五日返校，常食。廿八日返沪。

卅日晨，命闻玉携蚊帐、米、纸、糊、用具到虎跑。室宜清闲，无人迹，无人声，面南，日光遮北，以楼为宜。是晚食饭，拂拭大小便器、桌椅。

午后四时半入山，晚餐素菜六簋（音癸，盛食物的圆形器具），极鲜美。食饭二盂，尚未餍，因明日始即预备断食，强止之。榻于客堂楼下，室面南，设榻于西隅，可以迎朝阳。闻玉设榻于后一小室，仅隔一板壁，故呼应便捷。晚燃菜油灯，作楷八十四字。自数日前病感冒，伤风微嗽，今日仍未愈。口干鼻塞，喉紧声哑，但精神如常。八时眠，夜间因楼上僧人足声时作，未能安眠。

十二月一日，晴，微风，五十度。断食前期第一日。疾稍愈，七时半起床。是日午十一时食粥二盂，紫苏叶二片，豆腐三小方。晚五时食粥二盂，紫苏叶二片，梅一枚。饮冷水三杯，有时混杏仁露，食小橘五枚。午后到寺外运动。

余平日之常课，为晨起冷水擦身，日光浴，眠前热水洗足。自今日起冷水擦身暂停，日光浴时间减短，洗足之热水改为温水，因欲使精神聚定，力避冷热极端之刺激也。对于后人断食者，应注意如下：

（一）未断食时练习多食冷开水。断食初期改食冷生水，渐次加多。因断食时日饮五杯冷水殊不易，且恐腹泻也。

（二）断食初期时之粥或米汤，于微温时食之，不可太热。因与冷水混合，恐致腹痛。

余每晨起后，必通大便一次。今晨如常，但十时后屡放屁不止。二时后又打嗝儿甚多，此为平日所无。是日书楷字百六十八，篆字百零八。夜观焰口，至九时始眠。夜微嗽多噩梦，未能入眠。

二日，晴和，五十度。断食前期第二日。七时半起床，晨起无大便。是日午前十一时食粥一盂，梅一枚，紫苏叶二片。午后五时同。饮冷水三杯，食橘子三枚，因运动归来体倦故。是日舌苔白，口内黏滞，上牙里皮脱，精神如常。运动微觉疲倦，头目眩晕。自明日始即不运动。

晚侍和尚念佛，静坐一小时。写字百三十二，是日鼻塞。摹大同造像一幅，原拓本自和尚假来，尚有三幅明后续。八时半眠，夜梦为升高跳越运动。其处为器具拍卖场，陈设箱柜几椅并玩具装饰品等。余跳越于上，或腾空飞行于其间，足不履地，灵捷异常，获优胜之名誉。旁观有德国工程师二人，皆能操北京语。一人谓有如此之技能，可以任远东大运动会之某种运动，必获优胜，余逊谢之。一人谓练习身体，断食最有效，吾二人已二日不食。余即告余现在虎跪断食，亦已预备二日矣。其旁又有一中国人，持一表，旁写题目，中并列长短之直红线数十条，如计算增减高低之表式，是记余跳越高低之顺序者。是人持以示余，谓某处由低而高而低之处，最不易跳越，赞余有超人之绝技。后余出门下土坡，屡遇西洋妇人，皆与余为礼，贺余运动之成功，余笑谢之。梦至此遂醒。余生平未尝为一次运动，亦未尝梦中运动，头脑中久无此思想，忽得此梦，至为可异，殆因胃内虚空有以致之欤？

三日，晴和，五十二度。断食前第三日。七时半起床。是晨觉饥饿，胸中搅乱，苦闷异常，口干饮冷水。勉坐起披衣，头昏心乱，发虚汗作呕，力不能支，仍和衣卧少时。饮梅茶二杯，乃起床，精神疲惫，四肢无力。九时后精神稍复元，食橘子二枚。是晨无大便，饮药油一剂，十时半软便一次，甚畅快。十一时水泻一次，精神颇佳，与平常无大异。十一时二十分食粥半盂，梅一个，紫苏一片。摹普泰造像、天监造像二页。饮水、食物，喉痛，或因泉水性太烈，使喉内脱皮之故。午后四时，饮水后打嗝儿，食小梨一个，五时食粥半盂。是日感冒伤风已愈，但有时微嗽。是日午后及晚，侍和尚念佛静坐一小时。八时半眠。入山预断以来，即不能为长时之安眠，旋睡旋醒，辗转反侧。

四日，晴和，五十三度。断食前第四日。七时半起床。是晨气闷心跳口渴，但较昨晨则轻减多矣，饮冷水稍愈。起床后头微晕，四肢乏力。食小橘一枚，香蕉半个。八时半精神如常，上楼访弘声上人，借佛经三部。午后散步至山门，归来已觉微疲。是日打嗝儿甚多，口时作渴，一共饮冷水四大杯。写楷字八十四，篆字五十四。无大便。四时后头昏，精神稍减，食小橘二枚。是日十一时饮米汤二盂，食米粒二十余。八时就床，就床前食香蕉半个。自预备断食，每夜三时后腿痛，手足麻木。（余前每逢严冬有此旧疾，但不甚剧。）

五日，晴和，五十三度。断食前第五日。七时半起床。是夜前半颇觉身体舒泰，后半夜仍腿痛，手足麻木。三时醒，口干，心微跳，较昨减轻。食香蕉半个，饮冷水稍眠。六时醒，气体甚好。起床后不似前二日之头晕乏力，精神如常，心胸愉快。到菜园采花供铁瓶。食梨半个，吐渣。自昨日起，多写字，觉左腰痛。是日腹中屡屡作响，时流鼻涕，喉中肿烂尚未愈。午后侍和尚念经静坐一小时，微觉腰痛，不如前日之稳静。三时食梨半个，吐渣。食香蕉半个。午、晚饮米汤一盂。写字百六十二。傍晚精神稍差，恶寒口渴。本定于后日起断食，改自明日起断食，奉神诏也。

断食期内，每日饮梨汁一个之分量，饮橘汁三小个之分量，饮毕漱口。又因信仰上每晨餐神供生白米一粒，将眠，食香蕉半个。是日无大便，七时就床。是夜神经过敏甚剧，加以鼠声、人鼾声，终夜未安眠。口甚干，后半夜腿痛稍轻，微觉肩痛。

六日，晴暖，晚半阴，五十六度。断食正期第一日。八时起床。三时醒，心跳胸闷，饮冷水橘汁及梅茶一杯。八时起床，手足乏力。头微晕，执笔作字殊乏力，精神不如昨日。八时半饮梅茶一杯。脑力渐衰，眼手不灵，写日记时有误字，多遗忘。九时半后精神稍可。十时后精神甚佳，口渴已愈。数日来喉中肿烂亦愈。今日到大殿去二次，计上下廿四级石阶四次，已觉足乏力，为以前所无。是日共饮梨汁一杯，橘汁二杯。傍晚精神不衰，较胜昨日，但足乏力耳。仍时流鼻涕，晚间精神尤佳。是日不觉如何饥饿。晚有便意，仅放屁数个，仍无便。是夜能安眠，前半夜尤稳安舒泰。眠前以棉花塞耳，并诵神人合一之旨。夜间腿痛已愈，但左肩微痛。七时就床，梦变为丰颜之少年，自谓系断食之效。

七日，阴复晴，夜大风，五十四度。断食正期第二日。

六时半起床。四时醒，心跳微作即愈，较前二日减轻。饮冷水甚多。六时半即起床，因是日头晕已减轻，精神较昨日为佳，且天甚暖，故早起床也。起床后饮橘汁一杯。晨览《释迦如来应化事迹图》。八时后精神不振，打哈欠，口塞流鼻涕，但起立行动如常。午后身体寒益甚，拥被稍息。想出食物数种，他日试为之。炒饼、饼汤、虾仁豆腐、虾子面片、什锦丝、咸口瓜。三时起床，冷已愈，足力比昨日稍健。是日无大便，饮冷水较多。前半夜肩稍痛，须左右屡屡互易，后半夜已愈。

八日，阴，大风，寒，午后时露日光，五十度。断食正期第三日。十时起床。五时醒，气体至佳，如前数日之心跳头晕等皆无。因天寒大风，故起床较迟。起床后精神甚佳，手足有力，到院内散步。四时半就床，午后益寒，因早就床。是日食欲稍动，有时觉饥，并默想各种食物之种类及其滋味。是夜安眠，足关节稍痛。

九日，晴，寒，风，午后阴，四十八度。断食正期第四日。八时半起床。四时醒，气体极佳，与日常无异。起床后精神如常，手足有力。朝日照入，心目豁爽。小便后尿管微痛，饮水太多之故。自今日始不饮梨橘汁，改饮盐梅茶二杯。午后因饮水过多，胸中苦闷。是日午前精神最佳，写字八十四，到菜圃散步。午后寒，一时拥被稍息。三时起床，室内运动。是日不感饥饿。因天寒五时半就床。

十日，阴，寒，四十七度。断食正期第五日。十时半起床。四时半醒，气体精神与昨同。起床后精神至佳。是日因寒故起床较迟。今日加饮盐汤一小杯。十一时杨、刘二君来谈至欢。因寒四时就床。是日写字半页。近日神经过敏已稍愈。故夜间较能安眠。但因昨日饮水过多伤胃，胃时苦闷，今日饮水较少。

十一日，阴寒，夕晴，四十七度。断食正期第六日。九时半起床。四时半醒，气体与昨同。夜间右足微痛，又胃部终不舒畅。是日口干，因寒起床稍迟。饮盐汤半杯，饮梨汁。夕晴，心目豁爽。写字百三十八。坐檐下曝日，四时就床，因寒早就床。是晚感谢神恩，誓必皈依。致福基书。

十二日，晨阴，大雾，寒，午后晴，四十八度。断食正期第七日。十一时起床。四时半醒，气体与昨同，足痛已愈，胃部已舒畅。口干，因寒不敢起床。十一时福基遣人送棉衣来，乃披衣起。饮梨汁及盐汤、橘汁。午后精神甚佳，耳目聪明，头脑爽快，胜于前数日。到菜圃散步。写字五十四。自昨日始，腹部有变动，微有便意，又有时稍感饥饿。是日饮水甚少。晚晴甚佳，四时半就床。

十三日，晨半晴阴，后晴和，夕风，五十四度。断食后期第一日。八时半起床。气体与昨同。晨饮淡米汤二盂，不知其味，屡有便意，口干后愈，饮梨汁橘汁。十一时饮浓米汤一盂，食梅干一个，不知其味。十一时服泻油少许，十一时半大便一次甚多。便色红，便时腹微痛，便后渐觉身体疲弱，手足无力。午后勉强到菜圃一次。是日不饮冷水。午前写字五十四。是日身体疲倦甚剧，断食正期未尝如是。胃口未开，不感饥饿，尤不愿饮米汤，是夕勉强饮一盂，不能再多饮。

十四日，晴，午前风，五十度。断食后期第二天。七时半起床。气体与昨同，夜间较能安眠。五时饮米汤一盂，口干，起床后精神较昨佳。大便轻泻一次，又饮米汤一盂，饮橘汁，食苹果半枚。是日因米汤梅干与胃口不合，于十一时饮薄藕粉一盂，炒米糕二片，极觉美味，精神亦骤加。精神复元，是日极愉快满足。一时饮薄藕粉一盂，米糕一片。写字三百八十四。腰腕稍痛，暗记诵《神乐歌序章》。四时食稀粥一盂，咸蛋半个，梅干一个，是日不感十分饥饿，如是已甚满足。五时半就床。

十五日，晴，四十九度。断食后期第三日。七时起床。夜间渐能眠，气体无异平时。拥衾饮茶一杯，食米糕三片。早食藕粉米糕，午前到佛堂菜圃散步，写字八十四。午食粥二盂，青菜咸蛋少许。夕食芋四个，极鲜美。食梨一个，橘二个。敬抄《御神乐歌》二页，暗记诵一、二、三下目。晚饮粥二盂，青菜咸蛋，少许梅干。晚食粥后，又食米糕饮茶，未能调和，胃不合，终夜屡打嗝儿，腹鸣。是日无大便，七时就床。

十六日，晴，四十九度。断食后期第四日。七时半起床。晨饮红茶一杯，食藕粉芋。午食薄粥三盂，青菜芋大半碗，极美。有生以来不知菜芋之味如是也。食桔、苹果，晚食与午同。是日午后出山门散步，诵《神乐歌》，甚愉快。入山以来，此为愉快之第一日矣。敬抄《神乐歌》七页，暗记诵四、五下目。晚食后食烟一服。七时半就床，夜眠较迟，胃甚安，是日无大便。

十七日，晴暖，五十二度。断食后期第五日。七时起床。夜间仍不能多眠，晨饮泻油极少量。晨餐浓粥一盂，芋五个，仍不足，再食米糕三个，藕粉一盂。九时半大便一次，极畅快。到菜圃诵《御神乐歌》。中膳，米饭一盂，粥二盂，油炸豆腐一碗。本寺例初一、十五始食豆腐，今日特因僧人某死，葬资有余，故以之购食豆腐。午前后到山门外散步二次。拟定出山门后剃须。闻玉采萝卜来，食之至甘。晚膳粥三盂，豆腐青菜一盂，极美。今日抄《御神乐歌》五页，暗记诵六下目。作书寄普慈。是日大便后愉快，晚膳后尤愉快，坐檐下久。拟定今后更名欣，字俶同。七时半就床。

十八日，阴，微雨，四十九度。断食后期最后一日。五时半起床。夜间酣眠八小时，甚畅快，入山以来未之有也。是晨早起，因欲食寺中早粥。起床后大便一次甚畅。六时半食浓粥三盂，豆腐青菜一盂，胃甚胀。坐菜圃小屋诵《神乐歌》，今日暗记诵七下目，敬抄《神乐歌》八页。午，食饭二盂，豆腐青菜一盂，胃胀大，食烟一服。午后到山中散步，足力极健。采干花草数枝，松子数个。晚食浓粥二盂，青菜半盂，仅食此不敢再多，恐胃胀也。餐后胸中极感愉快。灯下写字五十四，辑订断食中字课，七时半就床。

十九日，阴，微雨，四时半起床。午后一时出山归校。嘱托闻玉事件：晚饭菜，橘子，做衣服附袖头，廿二要，轿子油布，轿夫选择，新蚊帐，夜壶。自己事件：写真，付饭钱，致普慈信。

处难处之事愈宜宽，

处难处之人愈宜厚

佩玉编

明薛文清公《读书录》选

◎二十年治一怒字，尚未消磨得尽。以是知克己最难。

◎余每夜就枕，必思一日所行之事。所行合理，则恬然安寝。或有不合，即辗转不能寐。思有以更其失，又虑始勤终怠也，因笔录自警。

◎深以刻薄为戒，每事当从忠厚。

◎宁人负我，毋我负人。此言当留心。

◎惟宽可以容人，惟厚可以载物。

◎导友善不纳，则当止。宜体此言。

◎不能感人，皆诚之未至。

◎学以静为本。

◎口念书而心他驰，难乎有得矣。

◎余于坐立方向器用安顿之类，稍有不正，即不乐。必正而后已，非作意为之，亦其性然。

◎一语妄发即有悔，可不慎哉！

◎不力行，只是学人说话。

◎程子作字甚敬，曰："只此是学。"

◎凡取人，当舍其旧而图其新。自贤人以下，皆不能无过。或早年有过，中年能改。或中年有过，晚年能改。当不追其往，而图其新可也。若追究其往日之过，并弃其后来之善，将使人无迁善之门，而世无可用之材也。以是处心，刻亦甚矣！

◎大抵常人之情，责人太详，而自责太略。是所谓以圣人望人，以众人自待也。惑之甚矣！

◎作诗作文写字，疲弊精神，荒耗志气，而无得于己。惟从事于心学，则气完体胖，有休休自得之趣。惟亲历者知其味，殆难以语人也。

◎开卷即有与圣贤不相似处。可不勉乎？

◎欲以虚假之善，盖真实之恶。人其可欺，天其可欺乎？

◎人有负才能而见于辞貌者，其小也可知矣。

◎觉人诈，而不形于言，最有味。

◎戒太察，太察则无含弘之气象。

◎行有不得，皆反求诸己。

◎少陵诗曰："水流心不竞，云在意俱迟。"从容自在，可以形容有道者之气象。

◎有于一事心或不快，遂于别事处置失宜，此不敬之过也。

◎往时怒，觉心动。近觉随怒随休，而心不为之动矣。

◎轻当矫之以重，急当矫之以缓。褊当矫之以宽，躁当矫之以静。暴当矫之以和，粗当矫之以细。察其偏者而悉矫之，久则气质变矣。

◎陶渊明曰："此亦人子也，可善遇之。"（按：此指奴婢而言。）

◎处事大宜心平气和。

◎行七八分，言二三分。

◎处事不可使人知恩。

◎旧习最害事。吾欲进，彼则止吾之进。吾欲新，彼则汩吾之新。甚可恶，当刮绝之。

◎为学时时处处是做工夫处。虽至卑至陋处，皆当存谨畏之心，而不可忽。且如就枕时，手足不敢妄动，心不敢乱想，这便是睡时做工夫，以至无时无事不然。

◎英气甚害事。浑涵不露圭角最好。

◎第一要有浑厚包涵从容广大之气象。

◎促迫、褊窄、浅率、浮躁，非有德之气象。只观人气象，便知其涵养之浅深。

◎余觉前二十年之功，不如近时切实而有味。

◎寡欲，省多少劳扰。

◎只寡欲，便无事。无事，心便澄然矣。

善護念諸菩薩

是雖欲阿羅漢

于行先生 正之　集金剛經句

李嬰 丁巳

◎密汝言，和汝气。

◎余少时学诗学字，错用工夫多。早移向此，庶几万一。

◎省察之功，不可一时而或怠。《诗》曰："夙夜匪懈。"其斯之谓欤？！

◎"敬"字一字、无"欲"字，乃学者至要至要。余近日甚觉敬与无欲之力。

◎观人之法，只观含蓄，则浅深可见。

◎方为一事，即欲人知，浅之尤者。

◎时然后言，惟有德者能之。

◎古人衣冠伟博，皆所以庄其外而肃其内。后人服一切简便短窄之衣，起居动静惟务安适。外无所严，内无所肃。鲜不习而为轻佻浮薄者。

◎守约者，心自定。

◎待人当宽而有节。

◎处己接物，事上使下，皆当以敬为主。

◎圣人言人过处，皆优柔不迫，含蓄不露。此可以观圣人之气象。

◎曾子曰："战战兢兢，如临深渊，如履薄冰。"君子之守其身，可不慎乎？

◎必使一言不妄发，则庶几寡过矣。

◎珠藏泽自媚，玉蕴山含辉。此涵养之至要。

◎慎言谨行，是修己第一事。

◎气质极难变，十分用力，犹有变不尽者。然亦不可以为难变，而遂懈于用力也。

◎小人不可与尽言。

◎导人以善，不可则止。其知几乎！

◎言要缓，行要徐，手要恭，立要端。以至做事有节，皆不暴其气之事。

◎轻诺则寡信。

◎为学第一在变化气质。不然，只是讲说耳。

◎人誉之，使无可誉之实，不可为之加喜。人毁之，使无可毁之实，不可为之加戚。惟笃于自信而已。

◎轻言则人厌，故谨言为自修之要。

◎识量大，则毁誉欣戚不足以动其中。

◎人不知而不愠，最为难事。今人少被人侮慢，即有不平之意，是诚德之未至也。无深远之虑，乐浅近之事者，恒人也。

◎刘立之谓从明道年久，未尝见其有暴厉之容，宜观明道之气象。

◎圣人教人，只是文行忠信，未尝极论高远。

◎教人言理太高，使人无可依据。

戒是無上菩提本

佛為一切智慧燈

晉譯大方廣佛華嚴經偈句

庚午十月小雪

永言調御院下壺大旺集祥書

◎人犹知论人之是非，而己之是非则不知也。

◎心无所主，即动静皆失其中。

◎犯而不校，最省事。

◎只可潜修默进，不可求人知。

◎"中人以上，可以语上也。中人以下，不可以语上也。"须谨守此训，斯无失言之过。

◎放下一切外物，觉得心闲省事。

◎交人而人不敬信者，只当反求诸己。

◎凡事皆当推功让能与人，不可有一毫自德自能之意。

◎人不能受言者，不可妄与一言。

◎"中人以上，可以语上。中人以下，不可与语上。"教人者当谨守此言。与人谈论，亦当谨守此言。

◎待人当宏而有节。

◎大抵少能省己之失，惟欲寻人之失。是所谓不攻己之恶，而攻人之恶，大异乎圣人之教矣。

◎人不谋诸己，而强为之谋，彼即不从，是谓失言。日用间此等甚多，人以为细事而不谨，殊不知失言之责，无小大也。谨之！

◎日用间纤毫事，皆当省察谨慎。

◎元城刘忠定力行不妄语三字，至于七年而后成。力行之难如此，而亦不可不勉也。

◎句句着落不脱空，方是谨言。

◎温公谓：诚自不妄语始。信哉斯言也。

◎信口乱谈者，无操存省察之功也。

◎读正书，明正理，亲正人，存正心，行正事，斯无不正矣。

◎宴安之私，最难克。

◎宴安鸩毒，此言当深省。

◎名节至大，不可妄交非类以坏名节。

◎简默凝重以持己。

◎一言不可妄发，一事不可妄动。

◎日间时时刻刻，紧紧于自己身心上存察用力，不可一毫懈怠。细思，处事最难。

◎信而后谏，未信则以为谤己也。君臣朋友皆然，可不慎哉！闻外议，只当自修自省。

◎程子曰："省躬克己不可无，亦不可常留在心作悔。"盖常留在心作悔，则心体为所累，而不能舒泰也。

◎潜修不求人知，理当如此。

◎汲汲自修不及，何暇责人。不自修而责人，舍其田而耘人之田也。

◎张子曰："学至于不责人，其学进矣"。此言当身体而力行之。愚屡言及此而不厌其烦者，亦欲深省而实践之也。

◎正己者乃能正人。未有枉己而能正人者也。

◎既往之非不可追，将来之非不可作。此吾之自省也。

◎卫武公、蘧伯玉皆以高年而笃于进修，诚可为后世法。

◎常存不如人之心则有进。

◎卫武公年九十五，犹作懿戒以自警。

◎孔子曰："焉用杀！"《论语》二十篇，无以杀字论为政者。圣人之仁心大矣。

◎《论语》一书，未有言人之恶者。熟读之，可见圣贤之气象。

◎人之威仪，须臾不可不严整，盖有物有则也。

◎心每有妄发，即以经书圣贤之言制之。

◎孔子言有恒者难见。验之人，信然。

◎不能动人，惟责己之诚有未至。

◎不怨天，不尤人，理当如是。

◎颜子终日不违如愚。喋喋多言，而能存者寡矣。

◎恕字用之不尽。

◎不迁怒工夫甚难。惟尝用力者知之，然亦不可不勉。

◎欲寡其过而未能之意，时时不可忘。此实修己之要也。

大方廣佛華嚴經十住品偈頌句

一即是多多即一

文隨於義義隨文

辛未慧證院沙門仁言時年五十又二

清三韩梁瀛侯《日省录》选

◎唐尧戒云："战战栗栗，日谨之一日。人莫踬于山而踬于垤。"

◎武王书《履》云："行必履正，无怀侥幸。"又书《锋》云："忍之须臾，乃全汝躯。"又《衣铭》云："桑蚕苦，女工难，得新绢，故后必寒。"

◎《金人铭》云："古之慎言人也，戒之哉！戒之哉！无多言，多言多败。无多事，多事多患。安乐必戒，无行所悔。勿谓何伤，其祸将长。勿谓何害，其祸将大。勿谓不闻，神将伺人。焰焰不灭，炎炎若何？涓涓不壅，终为江河。绵绵不绝，或成网罗。毫末不札，将寻斧柯。诚能慎之，福之根也。口是何伤，祸之门也。强梁者不得其死，好胜者必遇其敌。盗憎主人，民怨其上。君子知天下之不可上也，故下之。知众人之不可先也，故后之。温恭慎德，使人慕之。执雌持下，人莫逾之。人皆趋彼，我独守此。人皆惑之，我独不徙。内藏我智，不示人技。我虽尊高，人莫我害。江海虽左，长于百川，以其下也。天道无亲，常与善人。戒之哉！"

◎勿谓善小而不为，勿谓恶小而为之。

◎人生一日，或闻一善言，见一善行，行一善事，此日方不虚生。

67

◎有一言而伤天地之和，一事而折终身之福者。切须检点。

◎耳中常闻逆耳之言，心中常有拂心之事，才是进德修业的砥石。若言言悦耳，事事快心，便把此身埋在鸩毒中矣。

薛文清曰："心如镜，敬如磨镜。镜才磨，则尘垢去而光彩发。心才敬，则人欲清而天理明。识得破，忍不过。说得硬，守不定。笑前辙，忘后跌。轻千乘，豆羹竞。讳疾忌医，掩耳偷铃。论人甚明，视己甚昧。得时夸能，不遇妒世。此人情之通患也。"

◎无事，便思有闲杂妄想否。有事，便思有粗浮意气否。得意，便思有骄矜辞色否。失意，便思有怨望情怀否。

◎天薄我以福，吾厚吾德以迓之。天劳我以形，吾逸吾心以补之。天阨我以遇，吾亨吾道以通之。天且奈我何哉！

◎变化气质，居常无所见，惟当利害，经变故，遭屈辱，平时愤怒者，到此能不愤怒，忧惶失措者，到此能不忧惶失措。始有得力处，亦便是用力处。

◎人虽至愚，责人则明。虽有聪明，恕己则昏。常以责人之心责己，恕己之心恕人，不患不到圣贤地位。

◎语人之短不曰直，言人之恶不曰义。

◎人人赋性，岂容一例苛求。事事凭天，未许预先打算。

◎毋以小嫌疏至亲，毋以新怨忘旧恩。

◎马援《诫兄子严敦书》曰："吾欲汝曹闻人过失，如闻父母之名，耳可得闻，口不可得言也。"

◎林退斋官至尚书，临终，子孙跪请曰："大人何以训子孙？"公曰："若等只要学我吃亏。"

◎人家最不要事事足意，常有些不足处便好。人家才事事足意，便有不好事出来，亦消长之理然也。

◎君子于人，当于有过中求无过，不可于无过中求有过。

◎忠厚君子，刻薄小人，分途只在一心。

◎水至清则无鱼，人至察则无徒。

◎盛喜中勿许人物，盛怒中勿答人书。

◎御寒莫若重裘，止谤莫若自修。

◎一切顺逆得丧毁誉爱憎，要知宇宙古今圣贤凡民都有的，不必辄自惊异。

◎莫大之祸，起于须臾之不忍，不可不谨。

◎少陵诗云："忍过事堪喜。"

◎娄师德戒其弟曰："吾甚忧汝与人相竞。"弟曰："人唾面，亦自拭之。"师德曰："凡人唾汝，是其人怒，汝拭之，是逆其心，何不待其自干。"

◎伊川见人论前辈之短，曰："汝且取他长处。"

格言别录

学问类

◎为善最乐，读书便佳。

◎茅鹿门云："人生在世，多行救济事，则彼之感我，中怀倾倒，浸入肝脾。何幸而得人心如此哉？"

◎诸君到此何为，岂徒学问文章，擅一艺微长，便算读书种子？在我所求亦恕，不过子臣弟友，尽五伦本分，共成名教中人。（广州香山书院楹联）

◎何谓至行？曰："庸行。"何谓大人？曰："小心。"

◎凛闲居以体独，卜动念以知几，谨威仪以定命，敦大伦以凝道，备百行以考德，迁善改过以作圣。（刘忠介《人谱》六条）

◎观天地生物气象，学圣贤克己工夫。

存养类

◎自家有好处，要掩藏几分，这是涵育以养深。别人不好处，要掩藏几分，这是浑厚以养大。

◎以虚养心，以德养身，以仁养天下万物，以道养天下万世。

◎一动于欲，欲迷则昏，一任乎气，气偏则戾。

◎刘直斋云："存心养性，须要耐烦耐苦，耐惊耐怕，方得纯熟。"

◎寡欲故静，有主则虚。

◎不为外物所动之谓静，不为外物所实之谓虚。

◎宜静默，宜从容，宜谨严，宜俭约。

◎敬守此心，则心定，敛抑其气，则气平。

◎青天白日的节义，自暗室屋漏中培来。旋乾转坤的经纶，自临深履薄处得力。

◎谦退是保身第一法，安详是处事第一法，涵容是待人第一法，恬淡是养心第一法。

◎刘念台云："涵养，全得一缓字，凡言语、动作皆是。"

◎应事接物，常觉得心中有从容闲暇时，才见涵养。

◎刘念台云："易喜易怒，轻言轻动，只是一种浮气用事，此病根最不小。"

◎吕新吾云："心平气和四字，非有涵养者不能做，工夫只在个定火。"

◎陈榕门云："定火工夫，不外以理制欲。理胜，则气自平矣。"

◎自处超然，处人蔼然，无事澄然，有事斩然，得意淡然，失意泰然。

◎气忌盛，心忌满，才忌露。

◎意粗性躁，一事无成，心平气和，千祥骈集。

◎冲繁地，顽钝人，拂逆时，纷杂事，此中最好养火。若决烈愤激，不但无益，而事卒以偾，人卒以怨，我卒以无成，是谓至愚，耐得过时，便有无限受用处。

◎人性褊急则气盛，气盛则心粗，心粗则神昏，乖舛谬戾，可胜言哉？

◎以和气迎人，则乖沴灭，以正气接物，则妖气消。以浩气临事，则疑畏释。以静气养身，则梦寐恬。

◎轻当矫之以重，浮当矫之以实，褊当矫之以宽，躁急当矫之以和缓，刚暴当矫之以温柔，浅露当矫之以沉潜，镵刻当矫之以浑厚。

◎尹和靖云："莫大之祸，皆起于须臾之不能忍，不可不谨。"

◎逆境顺境看襟度，临喜临怒看涵养。

持躬类

◎聪明睿知，守之以愚。道德隆重，守之以谦。

◎富贵，怨之府也。才能，身之灾也。声名，谤之媒也。

即今休去便休去

君覓了時無了時

雲峯悅禪師句　辛酉二月

季村居士屬　秋一沙門演音

欢乐，悲之渐也。

◎只是常有惧心，退一步做，见益而思损，持满而思溢，则免于祸。

◎人生最不幸处，是偶一失言，而祸不及；偶一失谋，而事倖成；偶一恣行，而获小利。后乃视为故常，而恬不为意。则莫大之患，由此生矣。

◎学一分退让，讨一分便宜。增一分享用，减一分福泽。

◎不自重者取辱，不自畏者招祸。

◎盖世功劳，当不得一个矜字。弥天罪恶，当不及一个悔字。

◎大着肚皮容物，立定脚跟做人。

◎事当快意处须转，言到快意时须住。

◎殃咎之来，未有不始于快心者。故君子得意而忧，逢喜而惧。

◎物忌全胜，事忌全美，人忌全盛。

◎尽前行者地步窄，向后看者眼界宽。

◎花繁柳密处拨得开，方见手段。风狂雨骤时立得定，才是脚跟。

◎人当变故之来，只宜静守，不宜躁动。即使万无解救，而志正守确，虽事不可为，而心终可白。否则必致身败，而名亦不保，非所以处变之道。

◎步步占先者，必有人以挤之。事事争胜者，必有人以挫之。

◎安莫安于知足，危莫危于多言。

◎行己恭，责躬厚，接众和，立心正，进道勇。择友以求益，改过以全身。

◎度量如海涵春育，持身如玉洁冰清，襟抱如光风霁月，气概如乔岳泰山。

◎心不妄念，身不妄动，口不妄言，君子所以存诚。内不欺己，外不欺人，上不欺天，君子所以慎独。

◎心志要苦，意趣要乐，气度要宏，言动要谨。

◎心术以光明笃实为第一，容貌以正大老成为第一，言语以简重真切为第一。

◎平生无一事可瞒人，此是大快乐。

◎书有未曾经我读，事无不可对人言。

◎心思要缜密，不可琐屑。操守要严明，不可激烈。

◎聪明者戒太察，刚强者戒太暴。

◎以情恕人，以理律己。

◎以恕己之心恕人，则全交。以责人之心责己，则寡过。

◎唐荆川云："须要刻刻检点自家病痛，盖所恶于人许多病痛处，若真知反己，则色色有之也。"

◎以淡字交友，以聋字止谤，以刻字责己，以弱字御侮。

◎居安虑危，处治思乱。

◎事事难上难，举足常虞失坠，件件想一想，浑身都是过差。

◎怒宜实力消融，过要细心检点。

◎事不可做尽，言不可道尽。

◎胡文定公云："人家最不要事事足意，常有事不足处方好。才事事足意，便有不好事出来，历试历验。邵康节诗云：'好花看到半开时。'最为亲切有味。"

◎精细者，无苛察之心。光明者，无浅露之病。

◎识不足则多虑，威不足则多怒，信不足则多言。

◎足恭伪态，礼之贼也。苛察歧疑，智之贼也。

◎缓字可以免悔，退字可以免祸。

敦品类

◎敦诗书，尚气节，慎取与，谨威仪，此惜名也。竞标榜，邀权贵，务矫激，习模棱，此市名也。惜名者，静而休。市名者，躁而拙。辱身丧名，莫不由此。求名适所以坏名，名岂可市哉！

处事类

◎处难处之事愈宜宽，处难处之人愈宜厚，处至急之事愈宜缓。

◎必有容，德乃大，必有忍，事乃济。

◎吕新吾云："做天下好事，既度德量力，又须审势择人。'专欲难成，众怒难犯'此八字，不独妄动邪为者宜慎，虽以至公无私之心，行正大光明之事，亦须调剂人情，发明事理，俾大家信从，然后动有成，事可久。盖群情多暗于远识，小人不便于私己，群起而坏之，虽有良法，胡成胡久？"

◎强不知以为知，此乃大愚，本无事而生事，是谓薄福。

◎白香山诗云："我有一言君记取，世间自取苦人多。"

◎无事时，戒一偷字。有事时，戒一乱字。

◎刘念台云："学者遇事不能应，总是此心受病处。只有炼心法，更无炼事法。炼心之法，大要只是胸中无一事而已。无一事，乃能事事，此是主静工夫得力处。"

◎处事大忌急躁，急躁则先自处不暇，何暇治事？

◎论人当节取其长，曲谅其短；做事必先审其害，后计其利。

◎无心者公，无我者明。

接物类

◎严着此心以拒外诱，须如一团烈火，遇物即烧。宽着此心以待同群，须如一片春阳，无人不暖。

◎凡一事而关人终身，纵确见实闻，不可着口。凡一语而伤我长厚，虽闲谈戏谑，慎勿形言。

◎结怨仇，招祸害，伤阴骘，皆由于此。

◎持己当从无过中求有过，非独进德，亦且免患。待人当于有过中求无过，非但存厚，亦且解怨。

◎遇事只一味镇定从容，虽纷若乱丝，终当就绪。待人无半毫矫伪欺诈，纵狡如山鬼，亦自献诚。

◎公生明，诚生明，从容生明。

◎公生明者，不敝于私也。诚生明者，不杂以伪也。从容生明者，不淆于惑也。

◎穷天下之辩者，不在辩而在讷。伏天下之勇者，不在勇而在怯。

◎何以息谤？曰："无辩。"何以止怨？曰："不争。"

◎人之谤我也，与其能辩，不如能容。人之侮我也，与其能防，不如能化。

◎张梦复云："受得小气，则不至于受大气。吃得小亏，则不至于吃大亏。"

◎又云："凡事最不可想占便宜，便宜者，天下人之所共争也。我一人据之，则怨萃于我矣，我失便宜，则众怨消矣，故终身失便宜，乃终身得便宜也。此余数十年阅历有得之言，其遵守之，毋忽。余生平未尝多受小人之侮，只有一善策，能转弯早耳。"忍与让，足以消无穷之灾悔。古人有言："终身让路，不失尺寸。"

◎以仁义存心，以忍让接物。

◎林退斋临终，子孙环跪请训，曰："无他言，尔等只要学吃亏。"

◎任难任之事，要有力而无气。处难处之人，要有知而无言。

◎穷寇不可追也，遁辞不可攻也。

◎恩怕先益后损，威怕先松后紧。先益后损，则恩反为仇，前功尽弃。先松后紧，则管束不下，反招怨怒。

◎善用威者不轻怒，善用恩者不妄施。

◎宽厚者，毋使人有所恃。精明者，不使人无所容。

◎轻信轻发，听言之大戒也。愈激愈厉，责善之大戒也。

◎吕新吾云："愧之则小人可使为君子，激之则君子可使为小人。"

◎激之而不怒者，非有大量，必有深机。

◎处事须留余地，责善切戒尽言。

◎曲木恶绳，顽石恶攻。责善之言，不可不慎也。

◎吕新吾云："责善要看其人何如，又当尽长善救失之道。无指摘其所忌，无尽数其所失，无对人，无峭直，无长言，无累言。犯此六戒，虽忠告非善道矣。"

◎又云："论人须带三分浑厚，非直远祸，亦以留人掩盖之路，触人悔悟之机，养人体面之余，犹天地含蓄之气也。"

◎使人敢怒而不敢言者，便是损阴骘处。

◎凡劝人，不可遽指其过，必须先美其长，盖人喜则言易入，怒则言难入也。善化人者，心诚色温，气和辞婉；容其所不及，而谅其所不能；恕其所不知，而体其所不欲；随事讲说，随时开导。彼乐接引之诚，而喜于所好；感督责之宽，而愧其不材。人非木石，未有不长进者。我若嫉恶如仇，彼亦趋死如鹜，虽欲自新而不可得，哀哉！

◎先哲云："觉人之诈，不形于言；受人之侮，不动于色。此中有无穷意味，亦有无限受用。"

◎喜闻人过，不若喜闻己过，乐道己善，何如乐道人善。

◎论人之非，当原其心，不可徒泥其迹。取人之善，当据其迹，不必深究其心。

◎吕新吾云："论人情，只向薄处求；说人心，只从恶边想，此是私而刻底念头，非长厚之道也。"

◎修己以清心为要，涉世以慎言为先。

◎恶莫大于纵己之欲，祸莫大于言人之非。

◎施之君子，则丧吾德，施之小人，则杀吾身。（按：此指言人之非者。）

◎人褊急，我受之以宽宏。人险仄，我待之以坦荡。

◎持身不可太皎洁，一切污辱垢秽要茹纳得。处世不可太分明，一切贤愚好丑要包容得。

◎精明须藏在浑厚里作用。古人得祸，精明人十居其九，未有浑厚而得祸者。

◎德盛者，其心和平，见人皆可取，故口中所许可者多。德薄者，其心刻傲，见人皆可憎，故目中所鄙弃者众。

◎吕新吾云："世人喜言无好人，此孟浪语也。推原其病，皆从不忠不恕所致，自家便是个不好人，更何暇责备他人乎？"

◎律己宜带秋气，处世须带春风。

◎盛喜中勿许人物，盛怒中勿答人书。

◎喜时之言多失信，怒时之言多失体。

◎静坐常思己过，闲谈莫论人非。

◎面谀之词，有识者未必悦心。背后之议，受憾者常若刻骨。

◎攻人之恶毋太严，要思其堪受。教人以善毋过高，当使其可从。

◎事有急之不白者，缓之或自明，毋急躁以速其忿。人有操之不从者，纵之或自化，毋苛刻以益其顽。

◎己性不可任，当用逆法制之，其道在一忍字。人性不可拂，当用顺法调之，其道在一恕字。

◎临事须替别人想，论人先将自己想。

◎欲论人者先自论，欲知人者先自知。

◎凡为外所胜者，皆内不足。凡为邪所夺者，皆正不足。

◎今人见人敬慢，辄生喜愠心，皆外重者也。此迷不破，胸中冰炭一生。

◎小人乐闻君子之过，君子耻闻小人之恶。此存心厚薄之分，故人品因之而别。

◎惠不在大，在乎当厄。怨不在多，在乎伤心。

◎毋以小嫌疏至戚，毋以新怨忘旧恩。

◎刘直斋云："好合不如好散，此言极有理。盖合者，始也；散者，终也。至于好散，则善其终矣。凡处一事，交一人，无不皆然。"

惠吉类

◎群居守口，独坐防心。

◎造物所忌，曰刻曰巧，万类相感，以诚以忠。

◎《谦》卦六爻皆吉，恕字终身可行。

◎知足常足，终身不辱。知止常止，终身不耻。

悖凶类

◎盛者衰之始，福者祸之基。

叁

位卑未敢忘忧国，

事定犹须待阖棺

辛丑北征泪墨（一）

游子无家，朔南驰逐。值兹离乱，弥多感哀。城郭人民，慨怆今昔。耳目所接，辄志简编。零句断章，积焉成帙。重加厘削，定为一卷，不书时日，酬应杂务。百无二三，颜曰：《北征泪墨》，以示不从日记例也。

辛丑初夏，惜霜识于海上李庐。

光绪二十七年春正月，拟赴豫省仲兄。将启行矣，填《南浦月》一阕海上留别词云：

杨柳无情，丝丝化作愁千缕。惺忪如许，萦起心头绪。谁道销魂，尽是无凭据。离亭外，一帆风雨，只有人归去。

越数日启行，风平浪静，欣慰殊甚。落日照海，白浪翻银，精采眩目。群鸟翻翼，回翔水面。附海诸岛，若隐若现。是夜梦至家，见老母室人做对泣状，似不胜离别之感者。余亦潸然涕下。比醒时，泪痕已湿枕矣。

途经大沽口，沿岸残垒败灶，不堪极目。《夜泊塘沽》诗云：

杜宇声声归去好，天涯何处无芳草。春来春去奈愁何？

流光一霎催人老。新鬼故鬼鸣喧哗，野火磷磷树影遮。月似解人离别苦，清光减作一钩料。

晨起登岸，行李冗赘。至则第一次火车已开往矣。欲寻客邸暂驻行踪，而兵燹之后，旧时旅馆率皆颓坏。有新筑草舍三间，无门窗床几，人皆席地坐，杯茶盂馔，都叹缺如。强忍饥渴，兀坐长喟。至日暮，始乘火车赴天津。路途所经，庐舍大半烧毁。抵津城，而城墙已拆去，十无二三矣。侨寄城东姚氏庐，逢旧日诸友人，晋接之余，忽忽然如隔世。唐句云："乍见翻疑梦，相悲各问年"其此境乎！到津次夜，大风怒吼，金铁皆鸣，愁不成寐，诗云：

世界鱼龙混，天心何不平！岂因时事感，偏作怒号声。烛尽难寻梦，春寒况五更。马嘶残月坠，笳鼓万军营。

居津数日，拟赴豫中。闻土寇蜂起，虎踞海隅，屡伤洋兵，行人惴惴。余自是无赴豫之志矣。小住二旬，仍归棹海上。

天津北城旧地，拆毁甫毕。尘积数寸，风沙漫天，而旷阔逾恒，行道者便之。

晤日本上冈君，名岩太，字白电，别号九十九洋生，赤十字社中人，今在病院。笔谈竟夕，极为契合，蒙勉以"尽忠报国"等语，感愧殊甚。因成七绝一章，以当诗云：

杜宇啼残故国愁，虚名遑敢望千秋。男儿若论收场好，不是将军也断头。

越日，又偕赵幼梅师、大野舍吉君、王君耀忱及上冈君，合拍一照于育婴堂，盖赵师近日执事于其间也。

居津时，日过育婴堂，访赵幼梅师，谈日本人求赵师书者甚多，见予略解分布，亦争以缣素嘱写。颇有应接不暇之势。追忆其姓名，可记者，曰神鹤吉、曰大野舍吉、曰大桥富藏、曰井上信夫、曰上冈岩太、曰塚崎饭五郎、曰稻垣几松。就中大桥君有书名，予乞得数幅。又丐赵师转求千郁治书一联，以千叶君尤负盛名也。海外墨缘，于斯为盛。

北方当仲春天气，犹凝阴积寒。抚事感时，增人烦恼。旅馆无俚，读李后主《浪淘沙》词"帘外雨潺潺，春意阑珊。罗衾不耐五更寒"句，为之怅然久之。既而，风雪交加，严寒砭骨，身着重裘，犹起栗也。《津门清明》诗云：

一杯浊酒过清明，肠断樽前百感生。辜负江南好风景，杏花时节在边城。

念佛不忘救國

救國必須念佛

戊寅仲冬承天寺諸善友結七念佛書此晶之

沙門一音

辛丑北征泪墨（二）

世人每好作感时诗文，余雅不喜此事。曾有诗以示津中同人。诗云：

千秋功罪公评在，我本红羊劫外身。自分聪明原有限，羞从事后论旁人。

北地多狂风，今岁益甚。某日夕，有黄云自西北来，忽焉狂风怒号，飞沙迷目。彼苍苍者其亦有所感乎！

二月杪，整装南下，第一夜宿塘沽旅馆。长夜漫漫，孤灯如豆，填《西江月》一阕词云：

残漏惊人梦里，孤灯对景成双。前尘渺渺几思量，只道人归是谎。谁说春宵苦短，算来竟比年长。海风吹起夜潮狂，怎把新愁吹涨？

越日，日夕登轮。诗云：

感慨沧桑变，天边极目时。晚帆轻似箭，落日大如箕。风卷旌旗走，野平车马驰。河山悲故国，不禁泪双垂。

开轮后，入夜管弦嘈杂，突惊幽梦。倚枕静听，音节斐靡，飒飒动人。昔人诗云"我已三更鸳梦醒，犹闻帘外有笙歌"，不图于今日得之。

舟泊烟台，山势环拱，帆樯云集，海水莹然，作深碧色。往来渔舟，清可见底。登高眺远，幽怀顿开。诗云："澄澄一水碧琉璃，长鸣海鸟如儿啼。晨日掩山白无色，□□□□青天低。"

午后，偕友登烟台岸小憩，归来已日暮。□□□开轮。午餐后，同人又各奏乐器，笙琴笛管，无美不□。迭奏未已，继以清歌。愁人当此，虽可差解寂寥。然河满一声，奈何空唤，适足增我回肠荡气耳。枕上口占一绝，云："子夜新声碧玉环，可怜肠断念家山。劝君莫把愁颜破，西望长安人未还。"

致知在格物论

昔宋孝宗即位，诏中外臣庶，陈时政阙失。朱子"封事"，首言帝王之学，必先格物致知。是知格物致知之学，为帝王所不废也。然世之 欲致其知者，往往轻视夫格物之理，抑何谬也。夫格物之理，大之天下国家，小之民生日用，而轻视之者，每以奥区之星占，商高之算术，为格物之源，述天元之玉册，岳渎之真经，为格物之本。要之，井灶虫之见，徒遗笑鲲鹏。欲致其知，必先审夫格物之理。惟能审夫格物之理，其极处乃可无不到也。所以太山之高，非一石所能积；琅邪之东，渤懈稽天，非一水之钟。格物之理，微奥纷繁，非片端之能尽。此则人之欲致夫知者所不可不辨也。不然，仅尽此区区小道，即谓为格物全功，且谓由此行之，　将见众物之表里精粗无不到，吾心之全体大用无不明，可谓为知之致也，岂理也耶。语云："通天地人谓之儒。"又云："一物不知，儒者之耻。"其此之谓欤。

非静无以成学论

从来主静之学，大人以之治躬，学者以之成学，要惟恃此心而已。《言行录》云："周茂叔志趣高远，博学力行，而学以主静为主。日：'主静立极。'非其证欤。"然静苟谓为高谈清静之意，则非也。盖静者，安也。如"莫不静好"、"静言思之"之类。是静如水之止，而停蓄弥深；静如玉之藏，而温润自敛。《嘉言篇》云："非静无以成学。"其即此欤。成学者何？盖以气躁则学不精，气浮则学不利，克念深而罔念不作，人心去则道心自存，能静则学可成矣。而或者曰：平且夜气，常人亦有此几希，岂知是必待处静之时而始能静，又安能成学乎。若静之云者，不于静之时见为静，即非静之时亦见为静，且非静时之静，无异于静时之静，更不求静而自静。夫乃后此心定矣，其心专矣，则学而不成者，未之有也。不然，游移而无真见，泛骛而多驰思，则虽朝诵读而夕讴吟，主宰必不克一也。又安望其成哉？

行己有耻使于四方不辱君命论

间尝审时度势，窃叹我中国以仁厚之朝，而出洋之臣，

何竟独无一人，能体君心而善达君意者乎？推其故实由于行己不知耻也。《记》曰："哀莫大于心死。"心死者，诟之而不闻，曳之而不动，唾之而不怒，役之而不惭，刲之而不痛，縻之而不觉，则不知耻者，大抵皆心死者也。其行不甚卑乎！

然而我中国之大臣，其少也不读一书，不知一物，出穿窬之技，以作搭题，甘囚虏之容，以受搜捡。抱八股八韵，谓极宇宙之文。守高头讲章，谓穷天人之奥。是其在家时之行己，已忝然无耻也。即其仕也，不学军旅，而敢于掌兵。不谙会计，而敢于理财。不习法律，而敢于司李。瞽聋跛疾，老而不死，年逾耋颐，犹恋栈豆。接见西官，栗栗变色。听言若闻雷，睹颜若谈虎。其下焉者，饱食无事，趋衙听鼓，旅进旅退，濡濡若驱群豕，曾不为耻。

是其行己如是。故一旦衔君命，游四方，由中国而至于东洋焉。见有数火山，昼夜吐焰不息，则讶之。闻夫语言文字，则奇之。将曰：此邦之族，其性与人殊，遂去之不顾焉。其实彼未尝熟悉夫东洋之地利政治也，而反以此言相饰，不几为东洋人所窃笑乎？此所以辱君命者一也。

且由东洋而及于西洋焉，见有开矿产者，有习格致者，有图制作者，彼将曰：区区小道，吾儒不屑为也。其实彼则不识时务者也，而彼反以此言为得计。苟西人知之，不几视我中国君臣之底蕴乎？此所以辱君命者二也。

由兹二者推之，虽行偏四方，不反责诸己，徒轻视夫人，而犹曰：廷之献者，皆家之所修者也。吾不知家之所修者，即所以辱君命之事乎？是所令人深思焉，而莫解者矣，必也。臣当行己之际，必有所。然则所耻者何？亦耻己之所不能者耳。己之所不能者，莫如各国之时务。首考其地理，次问其风俗，继稽夫人心。又必详察夫天文，观其分野而知其地舆。今日者，人臣苟能于其所不能而耻者，而以为耻，则凡所耻者，将其理由是明，而其道由是知矣。苟使于四方，又何至遗强邻之讪笑，而辱于君命乎？

吾尝考之，汉苏武使匈奴，匈奴欲降之，武不从，置窖中六日，武啮雪得不死。又迁之北海，卒不屈。是其不辱使命，非其行止有耻故乎！《语》曰：四郊多垒，大夫之耻也。又曰：一物不知，儒者之耻。其斯之谓欤。要之，处可以为通儒，出即可以为良佐，辱命为辱君之渐，辱君即辱己之由。由是观之，则耻之所关亦甚大矣！虽羞恶之心，人皆有之。而何以今天下安于城下之辱，陵寝之蹂躏，宗社之震怒，边民之涂炭，而不思一雪，乃反托虎穴以自庇。求为小朝廷，以乞旦夕之命，非明明无耻乎？朝睹烽燧，则苍黄瑟缩；夕闻和议，则歌舞太平。其人犹谓为有耻不得也。按行己犹言治己，有耻未可专指其志有所不为言，如孟子云，人不可以无耻之类是也。所以当日子贡问士，而夫子告之以此。其亦此意也夫。

乾始能以美利利天下论

《易》："乾始能以美利利天下。"吾盖三复其词，而叹天之生材，有利于天下者，固不乏也，况美利乎！而今天下之美利，莫外于矿产；而中国之矿产，尤盛于他国。今山东之矿，已为他人所笼，山西之矿，亦为西商所觊。若东三省之金，湖南、四川、云南，以及川滇边界，夷地番地之五金煤炭，最为丰饶，他省亦复不少。于以见造化生生之理，有不可测议者矣。

然而乾始既能利天下以美利，有矿之处，宜由绅商公议，立一矿学会。筹集斧资，公举数人出洋，赴矿学堂学习数年，学成回华，再议开采。察矿之性，而后采矿。能不用西师固善，即仍用西师，我亦可辨是非而不为所欺。如是则得尺得寸，不等于象罔求珠矣。使非有以治之，虽能利天下以美利，而天下又乌能利乎？况中国近年来，部库空虚，司农几乎束手，而实倡处此，又不能不勉强支持。

以故款愈础而事愈多，事愈多而费愈重。除军营之躺需、文武之廉俸、各局厂委员司事之薪水、工食诸正款概不计算外，他若修铁也、立学堂也、定造兵轮、购办枪炮以及子弹火药也，种种要需，均属万不得已。论者莫不谓利天下之无木矣，而抑知不然也。虽中国昔时乾始利天下以美利者，不乏瑶琨筱荡齿革羽毛诸物，而论之于当世，则以矿产为先，试为指而示之。

若金银，若铜锡，若铁煤一切，生于天，蕴于地，源源不绝，非供国家之取用者乎？谓之以美利利天下，谁曰不宜？或者曰，同治初元，通商伊始，当事建议开矿，纠集公司。然良莠不齐，未久即相率闭匿，致商民百万资本，尽付东流。今日偶及开矿一端，已几几乎望影惊心，谈虎变色矣，又何得谓为利天下乎？必也考之于古，则增设卯人，参之于今，则官督商办，仿盐法之制，量地设官，庶不负乾始利天下以美利之至意云耳。扼要之图，厥有四事：

一曰习矿师。开矿之法，识苗为先。当日所延矿师，半系外洋无赖，夸张诡诈，愚弄华人，婪薪俸数万金，事后则飘然竟去。滇南延诸日本，受弊亦同。必须令洋学生专门学习，参以西法，精心考验，明试以功，斯则卯人之选也。此美利可以利天下者一也。

二曰集商本。近日集股之事，闻者咸有戒心。必须妥议章程，由户部商部，主持其事。苟有亏蚀，查究著偿。股票由商部印行，务使精美，不能作伪，乃能取信于民也。此美利可以利天下者二也。

三曰弭事端。众逾千人，派兵弹压，并矿丁团练，以防未然。秩之崇卑，视矿之大小，督抚兼辖。矿政如盐政之例，以一事权。矿中危险颇多，仍参仿西国章程办理。此美利可以利天下者三也。

四曰征税课。矿税不能定额，情形时有变迁，宜略仿泰西廿分抽一，信赏必罚，酌盈剂虚，因时制宜，随地立法。事之济否，首在得人矣。此美利可以利天下者四也。

之四者，皆尽美尽善，利国利民。将见一元肇运，秉乾刚以作睹，雅观上登理之书而四德推行，即守乾惕以雷阳，薰琴谱阜财之曲，纵山川之钟毓，正自无穷，而乾始则独于此见其厚焉。所以古之人仰法天，俯察地，观象于天，取材于地，五金之产，三品之珍，天地之精英，所以济万民之日用也。故自首山采铜而后，开矿之政，历唐虞三代，以迄宋元，有以举之，未敢废也。而我国家苟能奉此以行之，将见国于以富，兵于以强，则有利于天下者岂鲜浅哉！或故曰：今天下之美利，莫外于矿产，而中国之矿产尤盛于他国。

盖以士为四民之首，人之所以待士者重，则士之所以自待者益不可轻。士习端而后乡党视为仪型，风俗由之表率。务令以孝弟为本，才能为末，器识为先，文艺为后。

诛卖国贼

我国推翻专制政府后，全国人民举欣欣然喜色相告，曰："汉族重兴，民权恢复；大地河山，洗净腥膻秽气；庄严古国，骤增万丈荣光。吾国为共和国，吾民为自由民。快哉！快哉！"

呜呼！曾几何时，孰知吾国民前所希望者，全属梦呓。非特不能使我艰难缔造之新邦，顿改旧观，且将以我黄帝经营之祖国，不断送于专制之时，而断送于共和之日；不断送于旧日之满清政府，而断送于现时之新人物。岂非可悲乎哉！

自新政府成立以来，肉食诸公，除互争意见，计算薪俸外，第一大政见，即大声疾呼曰：大借款！大借款！袁世凯主张之，唐绍仪附和之，而自命为理财家之财政总长熊希龄，竟挺身而出，独任其艰，日与资本团磋商。其结果也，乃竟承认外人于财政上变相之监督。而犹复掩耳盗铃，粉饰天下，引为己功，而置国家于不顾。呜呼！希龄！汝具何霉心，备何辣手，而敢悍然违反我民意！贪一己目前之利禄，而忘吾民日后之困苦！汝岂尚能容于世乎！抑知国为民有，官为民仆！汝既长民国之理财，当以民心为己心，民事为己事。民国以财政之权付汝，岂非欲倚重汝，视汝为出类拔萃者乎！吾民何负于汝，而汝乃负吾民国若此！且当军政时期，各省宣告独立，财政之四分五裂，纷如乱丝，犹可言也。今五族一家，大局已定，则当实行调查全国之财政，节者节之，裁者裁之，务归统一，而后权操中央。一面竭力提倡国民捐，或发行公债票，建国义产等，暂救眉急。乃希龄独不务此，沾沾焉惟债是求，岂尚有爱吾民国之心哉！夫债非不可借，要知不受外人之监督，以免权落人手，制我命脉，而后可。今国民捐之声，南方早已众口一致。而希龄竟充耳不闻欤！北方之国民捐之不踊跃，希龄之把持借债，有以致之。观今日告人曰"可望转圜"，明日告人曰"行将成立"。其眩人耳目，令人观望。此真有意陷吾民国于灭亡之一征也。其卖国之罪，庸可胜诛哉！

呜呼！事急矣！国危矣！昏聩糊涂之政府无望矣！然民国者，吾民之国也。吾民既为国之主人，当急起而自为之。彼全无心肝之熊希龄，吾民不诛之，何待！

士应文艺以人传，

不应人以文艺传

艺海畅游的乐趣

有人说我在出家前是书法家、画家、音乐家、诗人、戏剧家等，出家后这些造诣更深。其实不是这样的，所有这一切都是我的人生兴趣而已。我认为一个人在他有生之年应多学一些东西，不见得样样精通，如果能做到博学多闻就很好了，也不枉屈自己这一生一世。而我在出家后，拜印光大师为师，所有的精力都致力于佛法的探究上，全身心地去了解"禅"的含义，在这些兴趣上反倒不如以前痴迷了，也就荒疏了不少。然而，每当回忆起那段艺海生涯，总是有说不尽的乐趣！

记得在我十八岁那年，我与茶商之女俞氏结为夫妻。当时哥哥给了我三十万元作贺礼，于是我就买了一架钢琴，开始学习音乐方面的知识，并尝试着作曲。后来我与母亲和妻子搬到了上海法租界，由于上海有我家的产业，我可以以少东家的身份支取相当高的生活费用，也因此得以与上海的名流们交往。当时，上海城南有一个组织叫"城南文社"，每月都有文学比试，我投了三次稿，有幸的是每次都获得第一名，从而与文社的主事许幻园先生成为朋友。他为我们全家在城南草堂打扫了房屋，并让我们移居了过去，在那里，我和他及另外三位文友结为金兰之好，还号称"天涯五友"。后来我们共同成立了"上海书画公会"，每个星期都出版书画报纸，与那些志同道合的同人一起探讨研究书画及诗词歌赋。但是这个公会成立不久就解散了。

由于公会解散，而我的长子在出生后不久就夭折了，不久后我的母亲又过世了，多重不幸给我带来了不小的打击，于是我将母亲的遗体运回天津安葬，并把妻子和孩子一起带回天津，我独自一人前往日本求学。在日本，我就读于日本当时美术界的最高学府——上野美术学校，而我当时的老师亦是日本最有名的画家之一——黑田清辉。当时我除了学习绘画外，还努力学习音乐和作曲。那时我确实是沉浸在艺术的海洋中，那是一种真正的快乐享受。

我从日本回来后，政府的腐败统治导致国衰民困，金融市场更是惨淡，很多钱庄、票号都相继倒闭，我家的大部分财产也因此化为乌有了。我的生活也就不再像以前那样无忧无虑了，为此我到上海城东女校当老师去了，并且同时任《太平洋报》文艺版的主编。但是没多久报社被查封，我也为此丢掉了工作。大概几个月后我应聘到浙江师范学校担任绘画和音乐教员，那段时间是我在艺术领域里驰骋最潇洒自如的日子，也是我一生最忙碌、最充实的日子。

如果说人类的情欲像一座煤矿，那么在不同的时期有不同的方式，将自己的欲望转变为巨大的能量。而这种转变会因人而异，有大有小、有快有慢、有早有迟。我可能就属于后者，来得比较缓慢了。

释美术

兹有告者，游艺会节目，分手工部为美术手工、教育手工、应用手工，云云。似未适当。某君评语，"手工宜注意恩物一门，勿重美术"，是亦分手工恩物与美术为二，似为不妥。西学入中国，新名词日益繁，或袭日本所译，或由学者所订，其能十分适当者，盖鲜。学子不识西字，仅即译名之字义，据为定论者，姑无论已。或深知西字，而于原字种种之意义，及种种之界限，未能明了，亦难免指鹿为马也。美术之字义，西儒解释者众，然多幽玄之哲理。非专门学者，恒苦不解。今姑从略。请以通俗之说，述之如下：

美，好也，善也。宇宙万物，除丑恶污秽者外，无论天工、人工，皆可谓之美术。日月霞云，山川花木，此天工之美术也；宫室衣服、舟车器什，此人工之美术也。天无美术，则世界混沌；人无美术，则人类灭亡。泰古人类，穴居野处，迄于今日，文明日进。则美术思想有以致之。故凡宫室衣服，舟车器什，在今日，几视为人生所固有，而不知是即古人美术之遗物也。古人既制美术之物，遗我后人。后人摹造之，各竭其心思智力，补其遗憾，日益精进，互以美术相竞争。美者胜，恶者败，胜败起伏，而文明以是进步。故曰，美术者，文明之代表也。观英、法、德诸国，其政治、军备、学术、美术，皆以同一之程度，进于最高之位置。彼目美术为奢华，为淫艳、为外观之美者，是一孔之见，不足以概括美术二字也。

综而言之，美术字义，以最浅近之言解释之，美，好也；术，方法也。美术，要好之方法也。人不要好，则无忌惮；物不要好，则无进步。美术定义，如是而已！

以手制物，谓之手工。无术不能成。恩物亦手工中之一门，以手制造者，故恩物亦无术不能成。此固尽人皆知，非仆所强为牵合者。手工恩物既无术不能成，而独哓哓以重美术为戒，夫万物公例无中立，嗜美嗜恶，必居其一。不重美术，将以丑恶污秽为贵乎，仆知必不然也。

以上所解释美术者，虽属广义，然仆敢断定，手工恩物为应用美术之一种，此固毫无疑义者也。

美术之定义与界限，以上所言者，不过十之二三。他日有暇，当撰完全之美术论，以备足下参考。

中国语言齐一说

我国各地交通不便，语言因以参差。今汽车、汽船既未遍通，有何良策能使语言齐一欤？

语言之变迁，其与进化相关系欤！荒裔野人，匪谙言词。蟠屈其指，作式以代。蛮野之状，吾不论矣。独夫弱劣之族，呰窳寡识。国语歧异，每不相埒。又其甚者，邻毗之间，家各异言。室人告语，他人闻之，辄为瞠目。既靡合群之力，无复爱国之想。澌灭之原，实基于是。黑奴红种，其彰彰者。惟我祖国，语言杂遝；外人著述，颇有以是相讥讪者。晚近以还，蹢躅之士，佥稔语言歧异之为我国大谬也，于是有改良语言之议。虽然，谋之不臧，获效靡自，余心悄焉。不揣梼昧，为撰中国语言齐一说。

语言岂历久而不变者欤？究语言之学，考世界国语所肇祖，奚不出自一干。乃递嬗递变，迄于今兹，其种类盖三千有奇矣。虽然，古昔之时，交通隔绝，其日趋于异也固宜。今则舟车交驰，千里俄顷。交通之利，邃古所无。向之由同而异者，今且有由异而同之势焉。特由异而同，其为变盖渐，匪吾人所及穷诘。然吾敢言，京垓年岁后，世界言语必有大同之一日也。我国国语，凡涉及新学术、新制造、新动植物，多假他国字音以为名，此亦一证。以一国言之，其变迁之迹，尤为凿凿可据。日本九州岛大阪，语言向与东京不相符。乃自交通频繁，不十余稔，骎骎有划一之风。变迁之迅，盖有如此。若以我国言之，进步之迅，远不逮日本。然其迹亦有可按者。自遂古迄近世，黄河流域，若豫，若鲁，若燕，若晋，若秦，金为帝都，举中原衣冠之士凑集焉。故其语言多相若。厥后，隋炀浚运河，南北统一，而南方之语言一变。金陵为帝都垂四百年，长江之交通日繁，而南方之语言又一变。迄今长江流域与黄河流域之语言，相似者多，职是故也。自兹而外，若滇，若黔，若粤西，其民族土著盖鲜，来自他乡者居泰半，故语言变迁最着，无撑犁孤涂之病。若夫吴越南境，闽南粤东两省，晚近交通始盛，语言之变迁，犹未显著，故与他省较然不相似。以上所言，盖其大略。晰而言之，彼黄河、长江流域之语言，虽口略同，岂无歧异者在？矧夫以全国计之，语言之歧异者，实居其多数也。语言歧异，为国之羞。齐一之法，夫何可缓！汽船、汽车，既未遍通，听诸天然，近效莫得。无已，其假诸人力乎！

假诸人力，必自教育始矣。教育之道有二：（甲）设官话学堂；（乙）学堂设官话学科。准兹二者，则乙为优。设官话学科于中学、小学，不若设于蒙学。年愈稚，习语言愈易，其利一；教育普及，其利二；习此可以兼通文法大纲，官话教科书中，单字依文法大纲排列，其利三；蒙学毕业入小学，即一例用官话，凡寻常应对，课堂授受，无须再用土白，其利四；此其学制也。若夫教授之法，近人论者盖鲜。然以华人授外人土白之例行之，则未可也。今拟教授之法数端如左：

一、设官话师范讲习所。择通达国文而能操纯官音者，官音以北京官音为准，非指各地官音；言亦非指北京土音言。其间区别，通北京语言者，自能辨之。入堂讲习，授以教授之方法。盖精于语言者，未必长于教授。故师范讲习所必不可缺。

二、官话教科书当因地制宜。各省土音互异者无论矣。即一县之内，乡镇与城市，土音亦有微异者。宜专订教科书，无稍假借。盖教授官话，必用土音为之比较也。

三、教科书编辑法。大纲凡二：（甲）区别。区别为三类：

一曰异音，即字同而音异者。如"黄"字，沪音作 wong，官音作 whong 之类是。二曰异字，分两种。意同而用字异者，如沪称"晓得"，官话作"知道"之类是；用字反背者，如有人持束速驾，沪语则应之曰"就来"，官话则应之曰"就去"，"来"与"去"为反背词。此种异字虽少，然亦不可不知。三曰异文法，即句法微异者。如沪语"侬阿曾晓得"，官话作"你知道吗"。"阿曾"即"吗"字，皆有疑问口吻，唯一则列于中间，一则列于语尾之不同是。

（乙）次序。每课次序，如英文法程序，最便初学。首列单字，括有异音、异字两类。其排列秩序，宜依通行文法为之分类。例如，第一课单字，皆列名词；第二课，皆列形容词。与英文法程单字排列法相同。唯排列既依文法例，则异音、异字两类，不妨掺杂，可以助学者强记之力。单字下列异文法。唯此种无多，不必每课皆列入。次列官话十数句，即用从前已读之字拼成者。教授时，教员口诵，由学者译成文理默出，如近日学堂课程中译俗之例。约翰书院中文课程有"译俗"一门，其法，由教员用土白诵文一首，学者译成文理默出。今则易土白为官话，是其稍异处。又次，列土白十数句，即用从前已读之字拼成者。教授时，教员口诵土白，由学者口译为官音。

四、练习法。习官话半年，寻常应对，即可通用官话。

偶有讹误，无须苛责。练习既久，自能纯一。期年小成，二年大成。苟教授得法，虽中材以下，亦能臻此程度。（按：蒙学堂学期泰半四年，官话学科宜编入第三年蒙学课程内，每星期占二时。）

乌乎，英墟印度，俄吞波兰，佥以灭绝国语为首务。然则国语顾不重哉！文明之进步系于是，国家之安危亦系于是。改良齐一，未可缓也。我国数稔以还，负牀之孙，乳臭未脱，辄能牙牙学西语。趋承彼族，伺其颦笑，极奴颜婢膝之丑态。及闻本国语言，反多瞠目不解者。沉沉支那，哀哀同胞，其将蹈印度之覆辙邪，抑将步波兰之后尘耶？乌乎，吾国民其何择！

中国学堂课本之编撰

学堂用经传，宜以何时诵读，何法教授，始能获益？

吾国旧学，经传尚矣。独夫秦汉以还，门户攸分，人主出奴，波未已。逮及末流，或以笺注相炫，或以背诵为事。骛其形式，舍其精神。而矫其弊者，则又鄙经传若为狗，因噎废食，必欲铲除之以为快。要其所见，皆偏于一，非通论也。乃者学堂定章，特立十三经一科。迹其方法，笃旧已甚，迂阔难行，有断然者。不佞沉研兹道有年矣，姑较所见，以着于篇。知言君子，或有取于是焉。

（甲）区时。我国旧俗，乳臭小儿，入塾不半稔，即授以《学》、《庸》。夫《大学》之道，至于平天下，《中庸》之道极于无声臭，岂弱龄之子所及窥测！不知其不解而授之，是大愚也。知其不解而强授之，是欺人也。今别其次序，区时为三：一蒙养，授十三经大意。此书尚无编定本，宜由通人撮取经传纲领总义，编辑成书。文词尚简浅，全编约三十课。每课不逾五十字，俾适合于蒙养之程度。凡蒙学堂末一年用之，每星期授一课，一年可读毕三十课，示学者以经传之门径。二小学，授《孝经》《论语》《尔雅》。《孝经》为古伦理学，虽于伦理学全体未完备，然其程度适合小学。《论语》为古修身教科书，于私德一义，言之綦详。庄子称"孔子内圣之道在《论语》"，极有见。《尔雅》为古辞典，为小学必读之书。读此再读古籍，自有左右逢源之乐。三中学，授《诗》、《孟子》、《书》、《春秋》、三《传》、三《礼》、《易》、《中庸》。《诗经》为古之文集（章诚斋《诗教篇》详言之）。有言情、达志、敷陈、讽喻、抑扬、涵泳诸趣意，宜用之为中学唱歌集。其曲谱取欧美旧制，多合用者。（余曾取《一剪梅》《喝火令》《如梦令》诸词，填入法兰西曲谱，亦能合拍。可见乐歌一门，非有中西古今之别。）如略有参差，则稍加点窜，亦无不可。欧美曲谱，原有随时编订之例，毋待胶柱以求也。《孟子》于政治、哲学佥有发明。近人有言曰"举中国之百亿万群书，莫如《孟子》"，持论至当。《书经》为本国史，"春秋三传"为外交史，皆古之历史也。刘子元判史体为六家，而以《尚书》《春秋》《左传》列焉，可云卓识。三《礼》皆古制度书，言掌故者所必读。晰而言之，《周礼》属于国，《仪礼》属于家，《礼记》条理繁富，不拘一格，为古学堂之普通读本。此其异也。若夫《易经》《中庸》，同为我国古哲学书。汉儒治《易》喜言数，宋儒治《易》喜言理。然其立言，皆不无偏宕，学者宜会通观之。《中庸》自《汉书·艺文志》裁篇别出，后世刊行者皆单行本。其理想精邃，决非小学所能领悟，中学程度授之以此，庶几近之。

（乙）窜订。笃旧小儒，其斥人辄曰"离经叛道"，是谬说也。经者，世界上之公言，而非一人之私言。圣人不以经私诸己，圣人之徒不以其经私诸师。兹理至明，靡有疑义。后世儒者，以尊圣故，并尊其书。匪特尊其书，并其书之附出者亦尊之，故十三经之名以立。而扬雄作《法言》，人讥其拟《论语》；作《太玄》，人讥其拟《易》。王通作《六籍》，人讥其拟圣经。他若毛奇龄作《四书改

《错》，人亦讥其非圣无法。以为圣贤之言，亘万古，袤九垓，断无出其右者，且非后人可以拟议之者。虽然，前人尊其义，因重其文；后儒重其文，转舍其义。笺注纷出，门户互争。《大学》"明德"二字，汉儒据《尔雅》，宋儒袭佛典，其考据动数千言。秦延君说《尧典》篇目，两字之说十万言。说"曰若稽古"四字三万言。甚至一助词、一接续词之微，亦反复辩论，不下千言。一若前人所用一助词、一接续词，其间精义，已不可枚举。亦知圣贤之微言大义，断不在此区区文字间乎！矧夫晚近以还，新学新理，日出靡已，所当研究者何限，其理想超轶我经传上者又何限！而经传所以不忍遽废者，亦以国粹所在耳。一孔之儒，喜言高远，犹且故作伟论，强人以难。夫强人以难，中人以下之资，其教育断难普及，是救其亡，适以促其亡也。与其故作高论促其亡，曷若变通其法蕲其存！变通其法，舍删窜外无他求。删其冗复，存其精义；窜其文词，易以浅语，此删窜之法也。若夫经传授受之源流，古今经师之家法，诸儒笺注之异同，必一一研究，最足害学者之脑力，是求益适以招损。今编订经传释义，皆以通行之注释为准，凡异同之辨，概付阙如，免淆学者之耳目。此订正之法也。

《孝经》《论语》皆小学教科书，删其冗复，存者约得十之六七。易其章节体为问答体（如近编之《地理问答》

《历史问答》之格式是）。眉目清晰，条理井然，学者读之，自较章节体为易领会。唯近人编辑问答教科书，其问题每多影响之处。答词不能适如其的，不解名学故也。脱以精通名学者任编辑事，自无此病。

《尔雅》前四篇，鲜可删者，其余凡有冷僻名词不经见者，宜酌为删去。原文简明，甚便初学，毋俟润色。《尔雅图》，可以助记忆之力，宜择其要者补入焉。

《诗经》作唱歌用，体裁适合，无事删润。

《孟子》亦宜改为问答体，删润其原文，以简明为的。近人《孟子微》，颇有新意，可以参证。

《尚书》原文，最为奥衍。宜用问答体，演成浅近文字。

《春秋》三《传》，唯《左传》纪事最为翔实。刘子元《申左篇》尝言之矣。今当统其事实之本末，编为问答体（或即用《左传纪事本末》为蓝本，而删润其文）；以为课本。其《公》《谷》二传，用纪事本末体，略加编辑，作为参考书。

近人孙诒让撰《周礼政要》，取舍綦当，比附亦精，颇可用为教科书。近今学堂用者最多。唯论词太繁。宜总括大义，加以润色。每节论词，不可逾百字。

《仪礼》宜删者十之八，仅通大纲已足。《礼记》宜删者十之六。以上两种，皆用问答体。

我国言《易》《中庸》，多涉理障。宜以最浅近文理，用问答体为之。日儒著《支那文明史》《支那哲学史》，言《易》理颇有精义，可以参证。

问答体教科书，欧日小学堂有用之者。我国今日既革背诵之旧法，而验其解悟与否，必用问答以发明。唯经传意义艰深，条理紊杂，以原本授学者，行问答之法，匪特学者不能提要钩元，为适合之答词，即教者亦难统括大意，为适合之问题。（今约翰书院读《书经》《礼记》《孟子》《论语》等，佥用原本教授，而行问答之法。教者、学者两受其窘。）吾谓，编辑经传教科书，泰半宜用问答体，职是故也。

乌乎，处今日之中国，吾不敢言毁圣经，吾尤不忍言尊圣经。曷言之？过渡时代，青黄莫接。向之圣经，脱骤弃之若敝屣，横流之祸，吾用深惧。然使千百稔后，圣经在吾国犹如故，而社会之崇拜圣经者，亦如故。是尤吾所恫心者也。不观英儒颉德之言乎："物不进化，是唯母死。死也者，进化之母。其始则优者胜，劣者死，厥后最优者出。向所谓优者，亦寝相形而劣而死。其来毋始，其去毋终。递嬗靡已，文化以进。"我族开化早于他国，二千年来，进步盖鲜。何莫非圣经不死有以致之欤！一孔之士，顾犹尊之若鬼神，宝之若古董，譬诸日月经天，江河行地。

113

是亦未审天演之公例也。前途茫茫，我忧孔多。撰《学堂用经传议》既竟，附书臆见如此。愿与大雅宏达共商榷焉。

西湖夜游记

　　壬子七月，予重来杭州，客师范学舍。残暑未歇，庭树肇秋，高楼当风，竟夕寂坐。越六日，偕姜、夏二先生游西湖。于时晚晖落红，暮山被紫，游众星散，流萤出林。湖岸风来，轻裾致爽。乃入湖上某亭，命治茗具，又有菱芡，陈粲盈几。短童侍坐，狂客披襟，申眉高谈，乐说往事。庄谐杂作，继以长啸，林鸟惊飞，残灯不华。起视明湖，莹然一碧；远峰苍苍，若隐若现。颇涉遐想，因忆旧游。曩岁来杭，故旧交集，文子耀斋，田子毅侯，时相过从，辄饮湖上。岁月如流，倏逾九稔。生者流离，逝者不作，

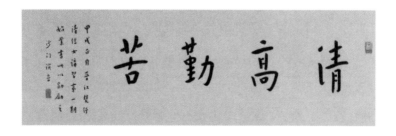

坠欢莫拾，酒痕在衣。刘孝标云："魂魄一去，将同秋草。"吾生渺茫，可喟然感矣。漏下三箭，秉烛言归。星辰在天，万籁俱寂，野火暗暗，疑似青磷；垂杨沈沈，有如酣睡。归来篝灯，斗室无寐，秋声如雨，我劳何如？目瞑意倦，濡笔记之。

伍

以『淡』字交友，

以『聋』字止谤，

以『刻』字责己

致刘质平

（一九一七年一月十八日，杭州）

手书诵悉，清单等皆收到。愈学愈难，是君之进步，何反以是为忧！B氏曲君习之，似躐等，中止甚是。试验时宜应试，取与不取，听之可也。不佞与君交谊至厚，何至因此区区云对不起？但如君现在忧虑过度，自寻苦恼，或因是致疾，中途辍学，是真对不起鄙人矣。从前鄙人与君函内解劝君之言语，万万不可忘记，宜时时取出阅看。能时时阅看，依此实行，必可免除一切烦恼。从前牛山充入学试验，落第四次、中山晋平落第二次，彼何尝因是灰心？

总之，君志气太高，好名太甚，"务实循序"四字，可为君之药石也。中学毕业免试科学，是指毕业于日本中学者；君能否依此例，须详询之。证明书容代为商量。五日后返沪，补汇四元廿钱。前君投稿于《教育周报》，得奖银十六元。此款拟汇至日本可否？望示知！此复，即颂近佳！

李婴上 一月十八日

质平仁弟：

来函，诵悉。日本留学生向来如是。虽亦有成绩佳良者，然大半为日人作殿军或并殿军之资格而无之。故日人说起留学生辄作滑稽讪笑之态。不佞居东八年，固习见不鲜矣。君之志气甚佳，将来必可为吾国人吐一口气。但现在宜注意者如下：

（一）宜重卫生，俾免中途辍学。（习音乐者，非身体健壮之人不易进步。专运动五指及脑，他处不运动，则易致疾。故每日宜为适当之休息及应有之娱乐，适度之运动。又宜早眠早起，食后宜休息一小时，不可即弹琴。）

（二）宜慎出场演奏，免人之忌妒。（能不演奏最妥，抱璞而藏，君子之行也。）

（三）宜慎交游，免生无谓之是非。（留学界品类尤杂，最宜谨慎。）

（四）勿躐等急进。（吾人求学，须从常规，循序渐进，欲速则不达矣。）

（五）勿心浮气躁。〔学稍有得，即深自矜夸，或学而不进（此种境界他日有之），即生厌烦心，或抱悲观，皆不可。必须心气平定，不急进，不间断。日久自有适当之成绩。〕

（六）宜信仰宗教，求精神上之安乐。（据余一人之所见，确系如此，未知君以为如何？）

附录格言数则呈阅。

不佞近来颇有志于修养，但言易行难，能持久不变尤难，如何如何！今秋因经先生坚留，情不可却，南京之兼职似可脱离。君暇时乞代购弦 E 二根、A 二根、D 三根、G 二根，封入信内寄下。六七日内拟汇款五元存尊处，尚有他物乞代购也。君如须在沪杭购物，不佞可以代办，望勿客气，随时函达可也。

君在校师何人？望示知。听音乐会之演奏，有何感动？此不佞所愿闻者也。此复，即颂旅吉。

李婴 八月十九日

门先生乞为致意，他日稍暇，当作书奉候。并谓现在不佞求学不得，如行夜路，视门先生如在天上矣。

（一九一七年，杭州）

质平仁弟足下：

来书诵悉。《菜根谭》及 M 经，前已收到，曾致复片，计已查收。官费事可由君访察他人补官费之经过情形，由君作函寄来。上款写经、夏二先生及不佞三人，函内详述他省补费之办法。此函寄至不佞处，由不佞与经、夏二先生商酌可也。君在东言行谨慎，甚佳。交友不可勉强，宁无友不可交寻常之友（或不尽然），虽无损于我，亦徒往来酬酢，作无谓之谈话，周旋消费力学之时间耳。门先生忠厚长者，可以为君之友人。此外不再交友，亦无妨碍。始亲终疏，反致怨尤，故不如于始不亲之为佳也。不佞前致君函有应注意者数条，宜常阅之。又格言数则，亦不可忘。不佞无他高见，惟望君按部就班用功，不求近效。进太锐者恐难持久。不可心太高，心高是灰心之根源也。心倘不定，可以习静坐法。入手虽难，然行之有恒，自可入门。（君有崇信之宗教，信仰之尤善，佛、伊、耶皆可。）音乐书前日已挂号寄奉。附一函乞转交门先生。此复，即颂近佳！

李婴

（一九一七年，杭州）

质平仁弟：

来书诵悉。借假（款）无复音，想无可希望矣。（某君昔年留学，曾受不佞补助。今某君任某官立银行副经理，故以借款商量，虽非冒昧，然不佞实自志为窭人矣，于人何尤！）不佞自知世寿不永（仅有十年左右），又从无始以来，罪业至深，故不得不赶紧发心修行。自去腊受马一浮大士之熏陶，渐有所悟。世味日淡，职务多荒。近来请假，逾课时之半就令勉强再延时日，必外贻旷职之讥（人皆谓余有神经病），内受疚心之苦。君能体谅不佞之意，良所欢喜赞叹！不佞即拟宣布辞职，暑假后不再任事矣。所藏音乐书，拟以赠君，望君早返国收领（能在五月内最妙），并可为最后之畅聚。不佞所藏之书物，近日皆分赠各处，五月以前必可清楚。秋初即入山习静，不再轻易晤人。剃度之期，或在明年。前寄来之木箱，已收到。丰仁君习木炭画极勤。即颂旅祉！附汇日金二十元，望收入。

李婴

前曾与经先生谈及，君今年如返国，可否在一师校任事？经先生谓：君在东曾诽谤母校师长，已造成恶感，倘来任事，必无良果云云。附以直达，望以后发言宜谨慎也。

不佞拟再托君购佛学数种，俟后函达。

（一九二一年十一月初五日，温州庆福寺）

质平居士：

别久时以驰念。朽人居瓯，颇能安适。仁者近仍居南通否？岁晚天寒，想当归里。为致短简，略述近状，以慰远想。附邮手写三经影印本一册，希察览。江山辽夐，此未委悉。

演音 嘉平初五日

居温州南门外城下寮子、增庸，仍居日本不？

（一九二六年四月初九日，杭州）

质平居士丈室：

　　曩承过谈，欢慰无尽。来杭月余，旧友大半已晤谈。自十三日始，谢客习静。以后有访问者，皆暂缓晤面。弘伞师谆留居此间，一时恐未能他适。仁者如须佛号赠人，希以时告知，即可写奉，不具。

　　　　　　　　　　　　　昙昉疏　四月初九日

（一九三一年旧十一月十一日，慈溪金仙寺）

质平居士：

　　五磊寺讲律事，已由金仙寺亦幻法师代为解劝，完全取消前议，脱离关系。余昨日已移居金仙寺，即拟在此过冬。棉衣裤尺寸，俟后开写奉上。余在此居住甚安，精神愉快，诸乞释念为祷。

　　腐乳一罐，乞交民局（即旧式信局福润局或全盛局皆可）寄下。照例，须附写信一封，交民局同寄。交民局寄者，乞写余姚北乡鸣鹤场金仙寺（无信则不能寄）。交邮局寄者，乞写慈溪北乡鸣鹤场金仙寺。因地属慈溪，而水路由余姚故也（不往温州矣）。

　　　　　　　　　　　　　音启　十一月十一日

123

致夏丏尊

（一九二〇年旧六月廿五日，新城）

丏尊居士文席：

曩承远送，深感厚谊。来新居楼居士家数日，将于二日后入山。七月十三日掩关，以是日为音剃染二周年也。吴建东居士前属撰扬溪尾惠济桥记，音以掩关期近，未暇构思，愿贤首代我为之某氏所撰草稿附奉，以备参考。撰就希交吴居士收，相见天日，幸各努力，勿放逸。不一。

演音 六月廿五日

（一九二一年八月廿七日，温州庆福寺）

丏尊居士：

江干之别，有如昨日。吴子书来，知仁归卧湖上，脱屣尘劳，甚善甚善。余以是岁春残，始来永宁，掩室谢客，一心念佛，将以二载，圆成其愿。仁者迩来精进何似？衰老浸至，幸宜早自努力。义海渊微，未易穷讨，念佛一法，最契时机。印老文钞，宜熟览玩味，自知其下手处也。（可先阅其书札一类。）仁或来瓯，希于半月前先以书达，当可晋接。秋凉，惟珍重不具。

寓温州南门外城下寮。（便中代求松烟墨二锭寄下。）

演音　八月廿七夕

（一九二九年旧三月晦日，温州庆福寺）

丐尊居士：

到温后，即奉上明信，想已收到。铜模字已试写二页，奉上。乞与开明主人酌核。余近来精神衰颓，目力昏花。若写此体，或稍有把握，前后可以大致一律。若改写他体，恐难一律，故先以此样子奉呈。倘可用者，余即续写。否则拟即作罢（他体不能书写）。所存之格纸，拟写"小经"一卷，以奉开明主人，为纪念可耳。此次旅途甚受辛苦。至今喉痛及稍发热、咳嗽、头昏等症相继而作。近来余深感娑婆之苦，欲早命终往生西方耳。谨陈，并候回信。

演音　旧三月晦日

（一九二九年阳历五月六日，温州庆福寺）

丐尊居士：

惠书诵悉。承询所需。至用感谢。此次由闽至温，旅费甚省。故尚有余资。宿疾本因路途辛劳所致，今已愈十

125

天意憐幽艸

人間愛晚晴

壽康居士 慧鑒

己巳九月暈昞五十

之九。铜模字即可书写。拟先写千余字寄上。俟动工镌刻后，再继续书写其余者。今细检商务铅字样本，至为繁杂。有应用之字而不列入者。有《康熙字典》所未载之僻字及俗体字，而反列入者。若依此书写，殊不适用。今拟改依《中华新字典》所载者书写，而略增加。总以适用于排印佛书及古书等为主。倘有欠缺，他时尚可随时补写也。墓志造像不列目录，甚善。《佛教大辞典》，是否仍存尊处？因嘉兴前来书谓未曾收到。如未送去，仍以存尊处为宜。阳历四月十九日寄挂号信与上海美专刘质平居士，至今半月余，无有复音。乞为探询，质平是否仍在美专，或在他处？便中示知为感。

演音　阳历五月六日

（一九二九年重阳，上虞白马湖）

丏尊居士：

惠书，欣悉一一。摄影甚美，可喜。山房建筑，于美观上甚能注意，闻多出于石禅之计划也。石禅新居，由山房望之，不啻一幅画图。(后方之松树配置甚妙)彼云："曾费心力，惨淡经营。良有以也。"现在余虽未能久住山房，但因寺院充公之说，时有所闻。未雨绸缪，早建此新居，贮蓄道粮，他年寺制或有重大之变化，亦可毫无忧虑，仍能安居度日。故余对于山房建筑落成，深为庆慰。甚感仁等护法之厚意也。（秋后往闽闭关之事，是为夙愿，未能中止。他年仍可来居山房，终以此处为久居之地也。）以上之意，如仁者与发起诸居士及施资诸居士晤面之时，乞为代达。因恐他人以新居初成，即往他方或致疑讶者。故乞仁者善为之解释，俾令大众同生欢喜之心也。数日以来，承尊宅馈赠食品，助理杂务，一切顺适，至用感谢！顺达，不具。

演音答 重阳朝

致李绍莲

（一九二三年，温州）

岁云暮矣，积阴凝寒。言念仁者，渺在天末。未由省展，惆怅如何？岁月不居，衰老浸至。儿时知交，大半迁逝。墓门青草，巷口斜阳，人事无常，可为悲叹！惟有仁者，时相承问。辄深旧雨之想，每杯朝露之懔。余与仁交垂三十年，相知以心，亲逾骨肉。入山以来，时且驰想。为忆仁者，滞情尘网，匪仰如来之慈力，宁脱忍域之苦轮。念佛一门，诚为津要矣。曩邮《印光法师文钞》，当达记室。幸以清暇，研味其趣。或有未达，毋遗下问。原穷凡智，以酬来旨。附赍佛典一函，希垂省览，以自督励。流光迈驰，瞬息来世。幸宜及时努力，毋致当来忧悔。略写诚款，岂复委宣。

致许幻园

（一九〇一年，上海）

云间谱兄大人经席：

奉上素纸三叠，望察收。是序明正作好不迟，付印须二月时也。命书之件，略迟报命。前见示佳著，盥诵再四，哀艳之思，溢于毫素，佩甚佩甚！暇当掇拾数什，奉和大雅，但珠玉在前，而瓦砾恐瞠乎其后耳。雨雪霁时，知己倘有余暇，请到敞寓一叙。临颖依依，曷胜眷眷。即请

大安！

如小弟成蹊顿状

（一九〇三年秋，上海）

幻园老哥同谱大人左右：

别来将半载矣，比维起居万福，餐卫佳胜为颂。弟于前日由汴返沪，侧闻足下有返里之意，未识是否？秋风菁鲈，故乡之感，乌能已已，料理归装，计甚得也。小楼兄在南京甚得意，应三江师范学堂日文教习之选，束金颇丰，

今秋亦应南闱乡试，闻二场甚佳，当可高攀巍科也。××兄已不在方言馆，终日花丛征逐，致迷不返，将来结局，正自可虑。专此，祇颂。

行安！不尽欲言。

姻小弟广平顿
初二日

（一九〇六年旧八月三十日，日本东京）

幻园吾哥：

手书敬悉。教员束脩，前嘱家兄汇申，不意至今尚未到著，今已致函催促，不日必可寄到。致零用一节，弟已函达子英君，请君与渠商酌可也。弟自入美术学校后，每日匆忙万状，久未通讯，祈亮之。前《国民新闻》（大隈伯主持）将弟之肖影并画稿登出，兹奉呈一纸，请哂纳，匆匆上。

姻如小弟哀顿 八月三十日

附呈致施君一函，祈转交，以后惠书请写交日本东京下谷区茶屋町一番地中村李××，因弟即日迁居也。

（一九一三年七月十六日，杭州）

幻园兄：

今日又呕血，诵范肯堂《落照》（绝命诗）云："落照原能媲旭辉，车声人迹尽稀微。可怜步步为深黑，始信苍茫有不归！"通人亦作乞怜语可哂也。家国困穷，百无聊赖，速了此残喘，亦大佳事，但祝神谶去冬已为兄言，不吾欺也。社中近有何变动？乞示其详。适包君发行部来寓，弟气促声嘶，不暇细谈。代售杂志价洋已交来，当时弟未细算，顷始检查，似缺二元二角有零。晤时便乞一询。

谱弟李息顿

七月十六日

（一九一三年，杭州）

幻园谱兄：

承惠金至感。写件本当报命，奈弟近来大窘困，凡有写件，拟一律取润，乞转前途为幸。木印共十二颗，初六日刻好送下，至祷！

弟息顿首

（一九一八年十一月十四日，嘉兴精严寺）

幻园居士文席：

在禾晤谭为慰。马一浮大师于是间讲《起信论》，演音亦侍末席，暂不他适。顷为仁者作小联，久不学书，腕弱无力，不值方家一哂也。演音拟请仓石、梅盦盘各书一幅，以补草庵之壁，大小横直不限，能二幅配合相等尤善。仁者有暇，奉访二老人，为述贫衲之意。文句另写奉，能依是书，尤所深愿。今后惠书，寄杭州城内珠宝巷醴务学校周俟生居士转致，不一。

释演音

十一月十四日

致堵申甫

（一九二四年五月廿日，杭州）

申甫居士慧鉴：

前奉一片，计达记室。朽人拟于秋间返温州，惟舟车之资犹未筹措，未审仁者能有资助否？惠函乞寄杭州城内延定巷六号马一浮居士转交朽人，至妥。此颂檀福！

胜髻疏 五月廿日

（一九三二年旧五月，温州庆福寺）

申甫居士慧鉴：

尊邑救国会，前寄捐册一本，已存在伏龙寺书架中。今彼会来函谓急欲结束。此捐册一时不能取回。乞仁者担保，即作为遗失。俟将来往伏龙寺时，即将此空捐册焚化可也。又于彼会，拟认捐大洋一元，聊表微意。此款亦乞仁者代出惠施，即交彼会为感！谨恳，不宣。

弘一启

（一九二四年十一月廿日，温州庆福寺）

申甫居士：

惠书，欣悉一一。马居士久无消息。令书佛号二叶，小横幅十八叶，并佛书二册，别挂号邮奉，乞受收。天寒手僵，草草不工，聊为纪念可耳。不久将云游远方，乞暂勿惠复。明岁或至杭州，再当晤谈。承询所需，至用感谢。现在旅资已具，可以无虑。谨答，不悉宣。

演音疏　十一月廿日

数年前将出家时，曾以《阴骘文图》二册（其书名已忘记，系费小楼画，刻板甚精），奉赠仁者。倘此书现在仍存尊处，乞暂假一册，寄上海狄思威路永兴里底第一号李圆净居士收，能挂号尤妥。因上海诸居士愿石印此书，广为流布也。附白。

（一九二七年正月望日，杭州常寂光寺）

申甫居士丈室：

久别深念。朽人现居常寂光寺，方便掩室，不出外，不见客。唯须请一人为之护法。每月来此一二次，代为购办诸物，料理琐事。尊寓距此匪遥，来往殊便，拟请仁者负任此事，未审可否？至于朽人平日所用之钱物，已有他人资助，可以足用，希仁者勿念。上记之事，乞斟酌先示复（寄常寂光寺）。稍迟数日，再致函定期延请惠临，此未委具。

月臂疏 正月望日

（一九三一年旧二月，上虞法界寺）

申甫居士：

曩承惠桂圆，新春返法界寺，乃获收领，深感深感！曾复明信至尊寓，想已达到。胡子宅梵品学兼优，余所佩仰。今欲在乡办慈善事，余亦为赞成人。乞仁者向邑绅为之介绍，请其辅助，俾期有成，至用感荷！顺颂檀德。

演音疏

致丰子恺

（一九二八年八月十四日，温州）

子恺居士：

初三日惠书，诵悉。兹条复如下：

△周居士动身已延期。网篮恐须稍迟，乃可带上。

△《佛教史迹》已收到，如立达仅存此一份，他日仍拟送还。

△护生画，拟请李居士等选择（因李居士所见应与朽人同）。俟一切决定后，再寄来由朽人书写文字。

△不录《楞伽》等经文，李居士所见，与朽人同。

△画集虽应用中国纸印，但表纸仍不妨用西洋风之图案画，以二色或三色印之。至于用线穿订，拟用日本式，系用线索结纽者，与中国佛经之穿订法不同。朽人之意，以为此书须多注重于未信佛法之新学家一方面，推广赠送。故表纸与装订，须极新颖警目。俾阅者一见表纸，即知其为新式之艺术品，非是陈旧式之劝善图画。倘表纸与寻常佛书相似，则彼等仅见《护生画集》之签条，或作寻常之

137

佛书同视，而不再披阅其内容矣。故表纸与装订，倘能至极新颖，美观夺目，则为此书之内容增光不小，可以引起阅者满足欢喜之兴味。内容用中国纸印，则乡间亦可照样翻刻。似与李居士之意，亦不相违。此事再乞商之。

△李居士属书签条，附写奉上。

△"不请友"三字之意，即是如《华严经》云"非是众生请我发心，我自为众生作不请之友"之意。因寻常为他人帮忙者，应待他人请求，乃可为之。今发善提心者，则不然。不待他人请求，自己发心，情愿为众生帮忙，代众生受苦等。友者，友人也。指自己愿为众生之友人。

△周孟由居士等，谆谆留朽人于今年仍居庆福寺。谓过一天，是一天，得过且过，云云。故朽人于今年下半年，拟不他往。俟明年至上海诸处时，再与仁者及丐翁等，商量筑室之事。现在似可缓议也。

△近病痢数日，已愈十之七八。惟胃肠衰弱，尚须缓缓调理，仍终日卧床耳。然不久必愈，乞勿悬念。承询需用，现在朽人零用之费，拟乞惠寄十元。又庆福寺贴补之费（今年五个月），约二十元（此款再迟两个月寄来亦不妨）。此款请旧友分任之。至于明年如何，俟后再酌。

△承李居士寄来《梵网经》，万钧氏书札，皆收到。谢谢。病起无力，草草复此。其余，俟后再陈。

演音上 八月十四日

子恺居士慧览：

今日午前挂号寄上一函及画稿一包，想已收到？顷又做成白话诗数首，写录于左（下）：

（一）《倘使羊识字》（因前配之古诗，不贴切。故今改做。）

倘使羊识字，泪珠落如雨。

口虽不能言，心中暗叫苦！

（二）《残废的美》

好花经摧折，曾无几日香。

憔悴剩残姿，明朝弃道旁。

（三）《喜庆的代价》（原配一诗，专指庆寿而言，此则指喜事而言。故拟与原诗并存。共二首。或者仅用此一首，而将旧选者删去。因旧选者其意虽佳，而诗笔殊拙笨也。）

喜气溢门楣，如何惨杀戮。

唯欲家人欢，那管畜生哭！

（四）原题为《悬梁》

日暖春风和，策杖游郊园。
双鸭泛清波，群鱼戏碧川。
为念世途险，欢乐何足言。
明朝落网罟，系颈陈市廛。
思彼刀砧苦，不觉悲泪潸。

案此原画，意味太简单，拟乞重画一幅。题名曰《今日与明朝》。将诗中"双鸭泛清波，群鱼戏碧川"之景，补入。与"系颈陈市廛"相对照，共为一幅。则今日欢乐与明朝悲惨相对照，似较有意味。此虽是陈腐之老套头，今亦不妨采用也。俟画就时，乞与其他之画稿同时寄下。

再者：画稿中《母之羽》一幅，虽有意味，但画法似未能完全表明其意，终觉美中不足。倘仁者能再画一幅，较此为优者，则更善矣。如未能者，仍用此幅亦可。

前所编之画集次序，犹多未安之处。俟将来暇时，仍拟略为更动，俾臻完善。

演音上 八月廿二日

此函写就将发，又得李居士书。彼谓画集出版后，拟赠送日本各处。朽意以为若赠送日本各处者，则此画集更须大加整顿。非再需半年以上之力，不能编纂完美。否则恐贻笑邻邦，殊未可也。但李居士急欲出版，有迫不及待之势。朽意以为如仅赠送国内之人阅览，则现在所编辑者，可以用得。若欲赠送日本各处，非再画十数页，重新编辑不可。此事乞与李居士酌之。

再者，前画之《修罗》一幅（即已经删去者），现在朽人思维，此画甚佳，不忍割爱，拟仍旧选入。与前画之《肉》一幅，接连编入。其标题，则谓为《修罗一》《修罗二》。（即以《肉》为《修罗一》，以原题《修罗》者为《修罗二》。）再将《失足》一幅删去。全集仍旧共计二十四幅。

附呈两纸，乞仁者阅览后，于便中面交李居士。稍迟亦无妨也。

廿三晨

（一九二八年八月廿六日，温州）

子恺居士慧览：

将来排列之次序，大约是：

（一）《夫妇》，（二）《芦菔生儿芥有孙之画》（案芦菔俗称萝卜。），（三）《沉溺》，（四）《凄音》等。

中间数幅，较前所定者，稍有变动。至《农夫与乳母》以下，悉仍旧也。

再者，《芦葭生儿芥有孙》之画，乞仅依"秋来霜露满东园，芦葭生儿芥有孙"二句之意画之。至末句中鸡豚，乞勿画入。

以前数次寄与仁者之信函，乞作画或改题者，兹再汇记如下：

△增画者《忏悔》《平和之歌》，共二幅。

△改画者《芦葭生儿芥有孙》之画（旧题为《倒悬》，今乞改题）、《今日与明朝》（旧题为《悬梁》）、《母之羽》，共三幅。

△修改画题者《沉溺》（原作《溺》）、《凄音》（原作《囚徒之歌》）、《诱惑》（原作《诱杀》）、《修罗一》（原作《肉》）、《修罗二》（原作《修罗》），共五处。

以上所写，倘有未明了处，乞检阅前数函即知。

演音上 八月廿六日

今年夏间，由嘉兴蔡居士寄玻璃版印《华严经》二册至尊处（江湾），想早已收到（当时仁者在乡里），前函未提及，故再奉询。

子恺居士：

前日已至白马湖。承张居士代表招待一切，至用感慰。兹有四事，奉托如下：

（一）乞画澄照律祖像一幅。别奉样式一纸，乞检阅。此像在《续藏经》中，今依彼原稿，略为缩小。如别纸中朱笔所画轮廓为限。如以原稿太繁密者，乞仁者依己意稍为简略。但仍以工笔细线画之为宜。画纸乞用拷碑纸，因将刻木板也。此画像，能于旧历九月中旬随夏居士返家之便带下，为感。

（二）前存尊处之马一浮居士图章一包，乞于便中托人带至杭州，交还马居士。但此事迟早不妨。虽迟至数月之后亦可。马居士寓杭州联桥及弼教坊之间，延定巷旧第五号（或第四第六号）门牌内。

（三）福建苏居士，今春在鼓山，定印《华严疏论纂要》多部。（此书系康熙古版，外间罕有流传。每部大约六十册，实费二十元。）拟以十二部分赠予日本各宗教大学及图书馆等，托内山书店代为分配及转寄。又以二部赠予上海功德林流通。附写信二纸，乞于便中转交内山书店及功德林佛经流通处为感。

（四）有人以五元托仁者向功德林代请购下记之书：

《华严处会感应缘起传》一册。其余之资，皆请购（功德林藏版）《地藏菩萨本愿经》若干册及其邮费。此书代为邮寄"温州大南门外庆福寺因弘法师收"。无须挂号。此款乞暂为垫付，俟他日托夏居士带奉。种种费神，感谢无尽！惟净法师偕来，诸事甚为妥善。秋后朽人或云游他方，仍拟请惟净法师在晚晴山房居住，管理物件及照料一切。彼亦有愿久住山房之意。闻仁者近就开明编辑之事，想甚冗忙，如少闲暇，九月中旬可以不来白马湖。俟他时朽人至上海，仍可晤谈也。俗礼幸勿拘泥，为祷。不具。

演音疏 旧八月廿九日

致高文显

胜进居士道席：

惠书诵悉。承仁者乡居安乐，至用欣慰。余于岁首在万寿讲小本《弥陀经》七日，并辑讲录一卷。诸缘顺遂，堪豫远念耳。尔后行止未定，犹如落叶，一任业风飘去，宁知方所耶？想仁者不久将返鹭屿，略述所怀，不及邮奉，谨托洽师传呈，不宣。

演音白 正月元宵夜

（一九三七年二月，厦门）

胜进居士：

"一斗夜来陪汉史，千春朝起展莱衣。"此厦门某氏宅门联也。未知是古诗句，或其自撰。幽秀沉著，洵为佳句。书法亦神似东坡（应是高士手笔）。其地址如下记。（略）仁者暇时，可往一阅。能询其撰书者为何人，则至善矣。门内下首边房亦有联，余未见，仁者能入门一阅否？

音启

余至南闽八年，罕见有如是佳联，足以南普陀山门"分派洛伽"一联，相媲美也。

（一九三八年三月，惠安）

胜进居士文席：

前函所云工作忙迫等，案用功之人，每日应有数小时运动及休息。又星期日一天，亦应休息。如是则身体精神乃能康健。偎传，俟年假时再继续撰述，迟缓无妨。大学课业多忙，若以余暇致力于此，恐身心将受大伤也。前交下之稿，俟稍暇为之修改，奉上。先此陈达，不宣。

演音疏

（一九三九年农历二月三十日，永春）

文显居士：

前奉二笺，想已收到。农历二月二十四日，至水门龙溪寺，讲建兴药师寺之利益。二十五日，至永春城，居桃源殿。二十七日，讲佛教之修持简易方法。不久可出版。二十八日，至蓬壶普济寺。近二月来，讲经、见客、写字等，身心疲劳已极。拟在此静养数月，或即在此往生安乐国耳。

性公老法师前，乞代问安。

音启 农历二月三十日

（一九四〇年四月二十八日，永春）

胜进居士澄览：

近闻仁等集资印经多部，至用欢赞。朽人自去秋始，闭门养疴，老态日增，精神恍惚（日未落即卧床）。故于诸善友所，音讯疏阔。近仍居普济顶寺，不复作出山想矣。泉州等处，米价奇昂，每元仅易米一斤，贫民苦矣。临颖不胜悲叹。略陈，不宣。

善梦启 四月二十八日

陆

一音入耳来，万事离心去

诗词

断句

人生犹似西山日，富贵终如草上霜。

咏山茶花

瑟瑟寒风剪剪催，几枝花发水云隈。

淡妆写出无双品，芳信传来第二回。

春色鲜鲜胜似锦，粉痕艳艳瘦于梅。

本来桃李羞同调，故向百花头上开。

清平乐·赠许幻园

城南小住，情适闲居赋。文采风流合倾慕，闭户著书自足。阳春常驻山家，金樽酒进胡麻，篱畔菊花未老，岭头又放梅花。

和宋贞题城南草堂原韵

门外风花各自春，空中楼阁画中身。

而今得结烟霞侣，休管人生幻与真。

老少年曲

梧桐树，西风黄叶飘，日夕疏林杪。花事匆匆，零落凭谁吊？朱颜镜里凋，白发愁边绕。一霎光阴，底是催人老。有千金，也难买韶华好。

南浦月

将北行矣，留别海上同人。

杨柳无情，丝丝化作愁千缕。惺忪如许，萦起心头绪。谁道销魂，尽是无凭据。离亭外，一帆风雨，只有人归去。

夜泊塘沽

杜宇声声归去好，天涯何处无芳草。

春来春去奈愁何，流光一霎催人老。

新鬼故鬼鸣喧哗，野火磷磷树影遮。

月似解人离别苦，清光减作一钩斜。

遇风愁不成寐

到津次夜，大风怒吼，金铁皆鸣，愁不成寐。

世界鱼龙混，天心何不平？

岂因时事感，偏作怒号声。

烛尽难寻梦，春寒况五更。

马嘶残月堕，笳鼓万军营。

感时

杜宇啼残故国愁，虚名况感望千秋。

男儿若论收场好，不是将军也断头。

津门清明

一杯浊酒过清明，肠断樽前百感生。

辜负江南好风景，杏花时节在边城。

赠津中同人

千秋功罪公评在，我本红羊劫外身。

自分聪明原有限，羞将事后论旁人。

登轮感赋

感慨沧桑变，天边极目时。

晚帆轻似箭，落日大如箕。

风卷旌旗走，野平车马驰。

河山悲故国，不禁泪双垂。

西江月·宿塘沽旅馆

残漏惊人梦里，孤灯对景成双。

前尘渺渺几思量，只道人归是谎。

谁说春宵苦短，算来竟比年长。

海风吹起夜潮狂，怎把新愁吹涨？

舟泊燕台

澄澄一水碧琉璃，长鸣海鸟如儿啼。

晨日掩山白无色，□□□□青天低。

重游小兰亭口占

重游小兰亭，风景依稀，心绪殊恶，口占二十八字题壁。时壬寅九月望前一日也。

一夜西风蓦地寒，吹将黄叶上栏干。春来秋去忙如许，未到晨钟梦已阑。

153

醉花阴·闺怨

落尽杨花红板路，无计留春住。

独立玉阑干，欲诉离愁，生怕笼鹦鹉。

楼头又见斜阳暮，怎奈归期误。

相忆梦难成，芳草天涯，极目人何处？

照红词客介香梦词人属题采菊图，为赋二十八字

田园十亩老烟霞，水绕篱边菊影斜。

独有闲情旧词客，春花不惜惜秋花。

冬夜客感

纸窗吹破夜来风，砭骨寒添漏未终。

云掩月殊光惨白，帘飘烛影焰摇红。

无心难定去留计，有泪常抛梦寐中。

烦恼自寻休自怨，待将情事诉归鸿。

二月望日歌筵赋此叠韵

莽莽风尘窄地遮，乱头粗服走天涯。

樽前丝竹销魂曲，眼底欢嬉薄命花。

浊世半生人渐老，中原一发日西斜。

只今多少兴亡感，不独隋堤有暮鸦。

歌 词

我的国

　　东海东，波涛万丈红。朝日丽天，云霞齐捧，五洲唯我中央中。二十世纪谁称雄？请看赫赫神明种，我的国，我的国，我的国万岁，万岁，万万岁！

　　昆仑峰，缥缈千寻耸。明月天心，众星环拱，五洲唯我中央中。二十世纪谁称雄？请看赫赫神明种。我的国，我的国，我的国万岁，万岁，万万岁！

爱

　　爱河万年终不涸，来无源头去无谷。滔滔圣贤与英雄，天地毁时无终穷。愿我爱国家，愿国家爱我；愿国家爱我，灵魂不死者我。

追悼李节母之哀辞

　　松柏兮翠蕤，凉风生德闱。母胡弃儿辈，长逝竟不归！儿寒复谁恤？儿饥复谁思？哀哀复哀哀，魂兮归乎来！

春郊赛跑

跑！跑！跑！看是谁先到？杨柳青青，桃花带笑；万物皆春，男儿年少。跑，跑，跑，跑，跑！锦标夺得了！

大中华

万岁！万岁！万岁！赤县膏腴神明裔。地大物博，相生相养，建国五千余岁。振衣昆仑之巅，濯足扶桑之漪。山川灵秀所钟，人物光荣永垂。猗欤哉！伟欤哉！仁风翔九畿！猗欤哉！伟欤哉！威灵振四夷！万岁，万万岁，万万岁！

春游

春风吹面薄于纱，春人妆束淡于画。游春人在画中行，万花飞舞春人下。梨花淡白菜花黄，柳花委地芥花香。莺啼陌上人归去，花外疏钟送夕阳。

忆儿时

春去秋来，岁月如流，游子伤漂泊。回忆儿时，家居嬉戏，光景宛如昨。茅屋三椽，老梅一树，树底迷藏捉。高枝啼鸟，小川游鱼，曾把闲情托。儿时欢乐，斯乐不可作。儿时欢乐，斯乐不可作。

早秋

十里明湖一叶舟，城南烟月水西楼。几许秋容娇欲流，隔着垂杨柳。远山明净眉尖瘦，闲云飘忽罗纹绉。天末凉风送早秋，秋花点点头。

悲秋

西风乍起黄叶飘，日夕疏林杪。花事匆匆，梦影迢迢，零落凭谁吊？镜里朱颜，愁边白鬓，光阴暗催人老。纵有千金，纵有千金，千金难买年少。

月夜

纤云四卷银河净，梧叶萧疏摇月影。剪径凉风阵阵紧，暮鸦栖止未定。万里空明人意静。呀！是何处，敲彻玉磬？一声声，清越度幽岭。呀！是何处，声相酬应，是孤雁、寒砧并。想此时此际，幽人应独醒，倚栏风冷。

秋夜（之一）

正日落西山，一片罗云隐去。万种情怀，安排何处？却妆出嫦娥，玉宇琼楼缓步。天高气清，满庭风露。问耿耿银河，有谁人引渡？四壁凉蛩，如来相语。尽遣了闲愁，聊共月华小住。如此良宵，人生难遇！

寒蝉吟罢，蓦然萤火飞流。夜凉如水，月挂帘钩。爱星河皎洁，今宵雨敛云收。虫吟侑酒，扫尽闲愁。听一声长笛，有谁人倚楼？天涯万里，情思悠悠。好安排枕簟，独寻睡乡优游。金风飒飒，底事悲秋？

秋夜（之二）

眉月一弯夜三更，画屏深处宝鸭篆烟青。唧唧唧唧，唧唧唧唧，秋虫绕砌鸣。小簟凉多睡味清。

直隶省立第一师范附属小学校歌

文昌在天，文明之光。地灵人杰，效师长；初学根本，实切强；精神腾跃，成文章。君不见，七十二沽水，源远流长。

梦

哀游子茕茕其无依兮，在天之涯。惟长夜漫漫而独寐兮，时恍惚以魂驰。梦偃卧摇篮以啼笑兮，似婴儿时。母食我甘酪与粉饵兮，父衣我以彩衣。

哀游子怆怆而自怜兮，吊形影悲。惟长夜漫漫而独寐兮，时恍惚以魂驰。梦挥泪出门辞父母兮，叹生别离。父语我眠食宜珍重兮，母语我以早归。

月落乌啼，梦影依稀，往事知不知？泪半生哀乐之长逝兮，感亲之恩其永垂。

长逝

看今朝树色青青，奈明朝落叶凋零。看今朝花开灼灼，奈明朝落红漂泊。惟春与秋其代序兮，感岁月之不居。老冉冉以将至，伤青春其长逝。

春夜

金谷园中，黄昏人静。一轮明月，恰上花梢。月圆花好，如此良宵，莫把这似水光阴空过了。

英雄安在？荒冢萧萧。你试看他青史功名，你试看他朱门锦绣，繁华如梦，满目蓬蒿；天地逆旅，光阴过客，无聊！

倒不如，闲是闲非尽去抛，逍遥！倒不如，花前月下且游遨，将金樽倒；海棠睡去，把红烛烧；荼蘼开未，把羯鼓敲。莫教天上嫦娥，将人笑！

莺

喜春来日暖风和，园林花放新莺啼。喜春来日暖风和，园林花放新莺啼。听花间清音百啭：呖呖，呖呖。听花间清音百啭：呖呖，呖呖，呖呖；呖呖，呖呖，呖呖，呖呖。

采莲

采莲复采莲，莲花莲叶何蹁跹！露华如珠月如水，十五十六清光圆。采莲复采莲，莲花莲叶何蹁跹！

冬

一帘月影黄昏后，疏林掩映梅花瘦。墙角嫣红点点肥，山茶开几枝？小阁明窗好伴侣，水仙凌波淡无语。岭头不改青葱葱，犹有后凋松。

西湖

看明湖一碧，六桥锁烟水。塔影参差，有画船自来去。垂杨柳两行，绿染长堤。飏晴风，又笛韵悠扬起。

看青山四围，高峰南北齐。山色自空蒙，有竹木媚幽姿。探古洞烟霞，翠扑须眉。雪暮雨，又钟声林外启。

大好湖山如此，独擅天然美。明湖碧无际，又青山绿作堆。漾晴光潋滟，带雨色幽奇。靓妆比西子，尽浓淡总相宜。

丰年

五日一风，十日一雨，太平乐利廑多黍。谷我妇子，娱我黄耇，欢腾熙洽歌大有。年丰国昌，惟天降德垂嘉祥。穰穰，穰穰，穰穰！岁复岁兮富康。

我仓既盈，我庾惟亿，颂声载路庆丰给。万宝告成，万物生茂，跻堂称觞介眉寿。年丰国昌，惟天降德垂嘉祥。穰穰，穰穰，穰穰！岁复岁兮富康。

人与自然界

严冬风雪摧贞干，逢春依旧郁苍苍。吾人心志宜坚强，历尽艰辛不磨灭，惟天降福俾尔昌。

浮云掩星星无光，云开光彩逾芒芒。吾人心志宜坚强，历尽艰辛不磨灭，惟天降福俾尔昌。

归燕

几日东风过寒食，秋来花事已阑珊。疏林寂寂双燕飞，低徊软语语呢喃。呢喃，呢喃。雕梁春去梦如烟，绿芜庭院罢歌弦。乌衣门巷捐秋扇，树杪斜阳淡欲眠。天涯芳草离亭晚，不如归去归故山，故山隐约苍漫漫。呢喃，呢喃，不如归去归故山。

幽居

唯空谷寂寂，有幽人抱贞独。时逍遥以徜徉，在山之麓。抚磐石以为床，翳长林以为屋。眇万物而达观，可以养足。

唯清溪沉沉，有幽人怀灵芬。时逍遥以徜徉，在水之滨。扬素波以濯足，临清流以低吟。睇天宇之寥廓，可以养真。

幽人

深山之麓，三椽老茅屋，中有幽人抱贞独。当风且振衣，临流可濯足。放高歌震空谷：呜，呜，呜，呜，呜，呜！浊世泥途污，浊世泥途污。道孤，道孤，行殊，行殊。吾与天为徒，吾与天为徒。

天风

云瀚瀚，云瀚瀚，拥高峰。气葱葱，气葱葱，极巃嵷。苍耸耸，苍耸耸，凌绝顶。侧足缥缈乘天风。咳唾生明珠，吐气嘘长虹。俯视培塿之垒垒，烟斑黛影半昏蒙。仰观寥廓之明明，天风回碧空。

漭洋洋，漭洋洋，浮巨溟。纷朦朦，纷朦朦，接苍穹。浪汹汹，浪汹汹，攒铓锋。扬泄汗漫乘天风。散发粲云霞，长啸惊蛟龙。俯视积流之茫茫，百川四渎齐朝宗。仰观寥廓之明明，天风回碧空。

天风荡吾心魄兮，绝于尘埃之外，游神太虚。

天风振吾衣袂兮，超乎万物之表，与世长遗。

落花

纷，纷，纷，纷，纷，纷，……惟落花委地无言兮，化作泥尘。

寂，寂，寂，寂，寂，寂，……何春光长逝不归兮，永绝消息。

忆春风之日暄，芳菲菲以争妍。既垂荣以发秀，倏节易而时迁，春残！览落红之辞枝兮，伤花事其阑珊，已矣！

春秋其代序以递嬗兮，俯念迟暮。荣枯不须臾，盛衰有常数！人生之浮华若朝露兮，泉壤兴衰；朱华易消歇，青春不再来。

月

仰碧空明明，朗月悬太清。瞰下界扰扰，尘欲迷中道！惟愿灵光普万方，荡涤垢滓扬芬芳。虚渺无极，圣洁神秘，灵光常仰望！

仰碧空明明，朗月悬太清。瞰下界暗暗，世路多愁叹！惟愿灵光普万方，拔除痛苦散清凉。虚渺无极，圣洁神秘，灵光常仰望！

送别

长亭外，古道边，芳草碧连天。晚风拂柳笛声残，夕阳山外山。

天之涯，地之角，知交半零落。一瓢浊酒尽余欢，今宵别梦寒。

清凉

清凉月，月到天心，光明殊皎洁。今唱清凉歌，心地光明一笑呵。

清凉风，凉风解愠，暑气已无踪。今唱清凉歌，热恼消除万物和。

清凉水，清水一渠，涤荡诸污秽。今唱清凉歌，身心无垢乐如何。

清凉，清凉，无上究竟真常。

山色

近观山色苍然青，其色如蓝。远观山色郁然翠，如蓝成靛。山色非变，山色如故，目力有长短。自近渐远，易青为翠；自远渐近，易翠为青。时常更换，是由缘会。幻相现前，非唯翠幻，而青亦幻。是幻，是幻，万法皆然。

花香

庭中百合花开。昼有香，香淡如；入夜来，香乃烈。鼻观是一，何以昼夜浓淡有殊别？白昼众喧动，纷纷俗务萦。目视色，耳听声，鼻观之力，分于耳目丧其灵。心清闻妙香。用志不分，乃凝于神。古训好参详。

世梦

却来观世间，犹如梦中事。人生自少而壮，自壮而老，自老而死。俄入胞胎，俄出胞胎，又入又出无穷已。生不知来，死不知去，蒙蒙然，冥冥然，千生万劫不自知，非真梦欤？枕上片时春梦中，行尽江南数千里。今贪名利，梯山航海，岂必枕上尔！庄生梦蝴蝶，孔子梦周公，梦时固是梦，醒来何非梦？扩大劫来，一时一刻皆梦中。破尽无明，大觉能仁，如是乃为梦醒汉，如是乃名无上尊。

观心

世间学问，义理浅，头绪多，似易而反难。出世学问，义理深，线索一，虽难而似易。线索为何？现前一念，心性应寻觅。试观心性：在内欤，在外欤，在中间欤？过去欤，现在欤，或未来欤？长短、方圆欤，赤白、青黄欤？觅心了不可得，便悟自性真常。是应直下信入，未可错下承当。

试观心性：内外、中间，过去、现在、未来，长短、方圆，赤白、青黄。

厦门市第一届运动会歌

禾山苍苍，鹭水荡荡，国旗遍飘扬。健儿身手，各献所长，大家图自强。你看那，外来敌，多么狓猖！请大家想想，请大家想想，切勿再彷徨！请大家，在领袖领导之下，把国事担当。到那时，饮黄龙，为民族争光！到那时，饮黄龙，为民族争光！

图书在版编目（CIP）数据

若无执念在心头，人生何处不清欢 / 李叔同著. --长沙：湖南人民出版社，2025.2

ISBN 978-7-5561-3455-7

Ⅰ. ①若… Ⅱ. ①李… Ⅲ. ①中国文学—现代文学—作品综合集 Ⅳ. ①I216.2

中国国家版本馆CIP数据核字（2024）第063288号

若无执念在心头，人生何处不清欢

RUO WU ZHINIAN ZAI XINTOU, RENSHENG HECHU BU QINGHUAN

著　　者　李叔同
出版统筹　陈　实
监　　制　傅钦伟
资源运营　湖南中教出版传媒有限公司
责任编辑　张玉洁
责任校对　张命乔
产品经理　冯紫薇
封面设计　许婷怡

出版发行　湖南人民出版社［http://www.hnppp.com］
地　　址　长沙市营盘东路3号
邮　　编　410005
经　　销　湖南省新华书店

印　　刷　长沙新湘诚印刷有限公司
版　　次　2025年2月第1版
印　　次　2025年2月第1次印刷
开　　本　880 mm×1230 mm　1/32
印　　张　6.125
字　　数　105千字
书　　号　ISBN 978-7-5561-3455-7
定　　价　45.00元

营销电话：0731-82221529（如发现印装质量问题请与出版社调换）